中公文庫

洟をたらした神

吉野せい

中央公論新社

序

串田孫一

書くことを長年の仕事としている人は、文章の肝所を心得ていて、うまいものだと感心するようなものを作る。それを読む者も、ほどほどに期待しているから、それを上廻るうまさに驚く時もあれば、また、期待外れという時もある。

ところが、吉野せいさんの文章は、それとはがらっと異質で、私はうろたえた。たとえば鑢紙《やすりがみ》での仕上げばかりを気にかけ、そこでかなりの歪みはなおせるというような、言わば誤魔化しの技巧を秘かに大切にしていた私は、張手を喰ったようだった。この文章は鑢紙などをかけて体裁を整えたものではない。刃毀《はこぼ》れなどどこにもない斧で、一度ですぱっと木を割ったような、狂いのない切れ味に圧倒された。

私は呆然とした。二度読んでも、何度読みかえしても、ますます呆然とした。そして体が実際にがくがくし、絞り上げられるような気分であった。「洟をたらした神」が最初であったが、この本に入れてある十六篇の作品は、去年から今年の初夏にかけて、三、四篇ずつ私の手許へ送られて来た。私も段々に慣れて来てもよさそうなものなのに、その都度、最初の時と同じように狼狽した。

文章を書くことは、自分の人生を切って見せるようなものかも知れない。これは書く者の決意であり、構えであるが、実際その決意通りに行くことはなかなかない。構えることによって不必要な力が入り、ぎごちなくなり、不安が募る。

吉野さんはそれを澄まして事もなげにやった。澄ましてというのは、楽々とという意味ではない。むしろ剛胆である。そしてその人生の切口は、何処をどう切っても水々しい。これにも驚嘆した。何かを惜しんで切り売り作業のようなことをしている人間は、羨望だの羞恥だの、ともかく大混乱である。

このうちの数篇は、私が編輯の手伝をしている『アルプ』という雑誌に渡したが、その掲載号が出るたびに私は持って歩き、文学好きの友人知人に出会うと、その場で読ませた。そんなことをした憶えは他にないが、感想を求めたのでもなく、意地悪く反応を見ようとしたのでもない。ただ一人でも多くの人に読ませたいという至極あっさりした気持であった。

そしてこの出版を願い、薦めたのも、全く同じ気持からである。

一九七四年九月四日

目次

涙をたらした神

春

春ときくだけで、すぐ明るい軽いうす桃色を連想するのは、閉ざされた長い冬の間のくすぶった灰色に飽き飽きして、のどにつまった重い空気をどっと吐き出してほっと目をひらく、すぐにとび込んで欲しい反射の色です。白茶けた篠竹の葉の中央の緑が日一日と冴えて、少しずつ少しずつ緑の幅をひろげて来ます。杉は依然として緑褐色、松は古葉が半分風に落ちても半分はまだ世代の代りの緑にあこがれ、未練たらしく元葉となって枝にしがみついていて、遠目にも常緑樹とはいえない黄緑樹といったような半端な色合いで山を埋めているのが、何かしらふんぎりのつかないもどかしさで、ひとおもいにむしりとるような大風が吹きつのって、さっぱりと緑の一色に代えてくれたら——。そして山の嶺々にすじを引いたり、点々とすわりこんだりしている白い残雪が少し位残っていても、その下から目醒めた紺色の山肌を却って鮮やかに活々させてみせ、爛漫の春は麓から里へと紅と緑を充たしてゆくでしょう。

秋の頃からぬくぬくと土の中に眠りこけていた蛙めらが、がちりとうないこんでひっくり返した鍬の下から、まっぷくれにふくれた白い腹を春のひざしにさらけ出されてびっくりしてとび起きます。まちがって鍬先でその腹を真二つに切り裂くこともあります。知らずにやったこととはいえ、その残忍さに目を閉じて急いで土深く埋めてしまいます。空の色が次第に水色にとけて来ます。私は藪の間につづく唯歩くための一尺幅位の小径を、万能をかついで冬の間に墾した耕地に出て行きます。

いわゆる新切り叩きをするためです。

開墾は藪を刈り払って墾す時に、そのまま唐鍬で一鍬一鍬ひっくり返すだけなら能率は上がるのですが、雑草雑根がかたまりついていて、整地をするために叩きこわす時に非常に手間がかかるのです。その点二段返しという墾し方、つまり最初に鍬で切りこめるものだけをけずってうないこみ、その上から灌木の根っこや茅の根塊、篠竹の根茎などを墾してかぶせる。のろい二重の手間のようですけれど、さらけた土塊が凍《し》みくずれていて、その根っこを叩いて土を落とし、竹の根をかき集めると大体の畑は出来上がっています。人に聞いたり経験や工夫で二段返しの開墾をやるようになってから、新切り叩きは楽になりました。楽といっても普通畑に鍬を入れるようなさくさくした生やさしいものではない。土は粘土まじりのごろごろです。掘り散らかされてある石も取り集めねばなりません。藪のうちは解らなかったが、平地にして見ると乾地湿地の不様な高低がはげしく目立ちます。近いところはスコップや万能でほうり上げながらならします。ひどい湿地は溝を掘り上げて排水をはかり、高みの部分から古むしろをモッコにして少しずつ土を運んでならします。骨の折れる仕事でした。しかし少しでも広い畑を持ちたいのです。馬鈴薯や陸稲《おかぼ》や粟や、この痩地の上へ実らせねばならない。それというのも家族が多いためです。バンと名づけた赤い犬、にわとりが八羽、あひるが三羽、これらの仲間の胃袋をふさぐ責任が、ひとからいわせたら馬鹿馬鹿しいと鼻であしらわれそうなことなのに、してやりたい責任を無理なく私らは感じているのです。

ご免なさい。ここで私はらと複数でよびました。伴侶《とも》のことです。原の低みに五六坪の天然の雨水の溜り場があります。ここも借地の一部でしたから、三羽のあひるはいつもここで自由に遊んでいました。どこから流れ寄ったのか少しばかりどじょうっこなどももぐり込んで住んでいたようで、やつらは頭から泥だらけになって泥水をつつき廻したり、水から上がって三羽が寄り合って首を横に曲げて羽根につっこんで気持ちよさそうに眠ったりもしました。一羽がオスで何ともいえない美しい濃緑色の頸毛が艶やかで、時折り警戒するようにすっくと伸ばします。眩しく陽に光ります。二羽のメスは雉子羽根の地味な衣裳でしたが、時たま大きな卵を場所をえらばず産み放します。去年の秋ひなだった三羽をこの水溜りに放しておいたら、どこかの百姓じいさんが珍しい鴨とまちがえて三羽をつかみ抱えたそうです。びっくりして返してもらいました。今は一羽でさえにわとりの三羽位の重さがあります。それに物音に敏感で、鳶《とび》が低く空を横ぎる時など揃って空を見上げてガオウと鋭い叫びをあげます。八羽のにわとりは一羽がオス七羽がメス、無論白色レグホーンなどのはいらない頃の日本在来の地鶏《じどり》で、からだも小柄脚も短く、とさかも刻み目もこまかくちょきんと立って、真黒だったり少しばかりの差し毛があったり飛白《かすり》模様だったり、その代りオスはひどく派手な金茶色の房々した羽根毛が目の下から頸《くび》一ぱいをとり巻き、動かすたびにひらりゆらりと輝いて揺れるのです。胴は黒味を帯び、つったてて垂れなびいたその尾羽根が黒緑色に光り紅と金色の羽根もまじり合わせてとてもすばらしい豪華さに見えます。うろこの生えた長い蹴爪を尖らせた威厳にみちた両脚で地面を踏みしめ、大きな赤いとさかを振り立てて胸を張って高い、、ときをつくる時など、七羽のめんどりはほれぼれ見とれているようにしげしげと首をもたげます。

開墾畑をかきならしている時、時折りみみずが土の湿りから這い出して来ます。ゆりみみずという小さいものですが、みみずのいるところは土地がいいといわれていて私たちにはうれしい生物なのですが、にわとり共は見逃しません。八羽が勝手気ままに畑中を漁り歩きます。彼等の丸い目と鉤なりの嘴はまたたくまに私たちは見逃してやりたい桃色の細い姿をするする呑み込んでしまいます。おんどりが太いやつをみつけると必ずめんどりを呼びます。すばやいメスがいきなりそれを嘴にはさんで呑みこみます。三四寸もある箸よりも太いものなのに決してかみ切ることなしに、のどを一ぱいひろげ目を白黒させて胃袋に収め満ち足りたようにクヽクウッヽとなきます。こんなみみずをのんだとりの卵はたべたくないとその時私は少し胸を悪くしますが、でもこれらの卵は一尾の魚も食べずに毎日の労働に耐えてゆかねばならぬ私たちの体力を支える大切な動物蛋白の資源になるのですから、彼等も私らのために働いてくれてるのだと思うと可愛くなります。あひるの卵は二倍以上の大きさで一定の産み場所をきめずに、だらしなく地辺《じべた》に転がっていたりします。茹でると大きい黄身の表面がくろずんで中身も冴えない黄色です。少しあくどい泥臭さがあってあまりおいしいとは思いませんが、これが中気（脳卒中）には妙薬というはなしをきいてから、二十位たまると私は浜の祖父がその病気で寝ているのでそれを見舞いにして喜ばせ、代りに新鮮なあじや小びらめを貰って来ます。お互いに都合のいい物々交換がうれしいものでした。

五市さんの家でいたちににわとりが盗られたことを聞きました。又さんのとり小屋の根太《ねだ》の下が掘られて、一晩に三羽も狐に盗られたことも聞きました。幸いうちのバン、バアンズをつめてバンといっているのですが、りこうで少し臆病なためによく吼えます。あひるも同じく変わった音がすればゲッゲッとすさまじい叫声をあげます。夜は農具を入れる粗末なさっかけの中に入れて置くのですが、狡猾なこのどろぼうたちもけたたましい非常警鐘にはよりつけないと見えて、まだその被害は受けません。狐はよく菊竹山の蔭の方から夜な夜ななく声がきこえます。一度に三羽を盗んでもそれは一部は途中の土に埋めておくそうです。そして何日かたってからくずれかけた獲物の肉を巣に運んで食う。これが狐にとっては一番たべ頃のうまい味なのだと、又さんは腹立ち半分、まるで自分がその肉を味わったようにいきりたって話してくれました。

小屋の戸袋の上にみかん箱にわらを入れて巣箱にしておきます。にわとりたちは入れ代わってはそこに毎日三つ四つの卵を産んでくれました。夏になると蛇がかぎつけて盗みに来ることがありますが今は春です。蛇が這い廻るのには少し早い季節です。

ある日、私はどう数えてもメスが六羽しかいないことに気づきました。ココココと到るところを呼んで探しましたが、夕方になって皆止り木にとまってもやっぱり一羽足りません。一番とさかが大きくてしゃれた形に左に垂れていて、少し緑がかった黒色で締ったからだつきの、人間ならばきびきびと目はしのきく機敏そうな惜しいメスです。きっといたちか狐にやられたのだろうと、私たちは哀れな犠牲者を悼みあいました。一羽欠けてもひどく寂しく見えるものです。でも私たちの畑仕事は段々忙しくなり、日がのびてゆくにつれ労働時間も長くなって、自身が疲れて、生きものたちに餌をやることも億劫に思う時もままありました。屑じゃがを煮たり、米糠をねったり青いものを切りまぜたり、犬には汁かけ飯を配ったり、でも彼等は充分とはいえない分を自分たちで広い畑から何かしらを漁っておぎなっていたようです。夕方私が一足早く仕事をしまってその細い藪の間の小道を小屋へ帰って来る時、七羽のとりがコッコッと続き、三羽のあひるがゲッゲッとよたよたお尻をふりふりつながります。バンが一番後からどれかが傍道にそれかかるとワンと吠えて列を正します。家に帰るのが皆うれしいのです。餌にありついてそれからゆっくりと眠ることが出来るからでしょう。

私らが畑に働いている限り、彼等は私らの目の届くところで動いています。そして夕方になると必ず私の後にきまった順につき随うのです。ゲッゲッコッコッワンワン、いつも同じ行進曲をくり返します。人気《ひとけ》のない山の日暮れは私がさびしいように彼等もやはりさびしいのでしょう。細い月がかかっていたり、赤い夕映えが少しの雲を染めていたり、時には時間よりも早く日暮れのような黒い雨雲が烈しく流れていたりします。

私は大松の下ですぐ暗くなってしまう沢へ、鍋に夕食の米を入れ手桶を下げて一町ばかり下りて行きます。彼等は又そのあとをきまって追います。沢の水をにごされては困るので駈足で行って手桶に水を一ぱい汲み込み、それから鍋の米をとぎ始めるのですが、彼等は米とぎ水の流れに一斉に嘴をつっこみます。素早いやつが鍋の中へ嘴を入れてといだ米をばしゃばしゃ呑みこむのです。私は柄杓を振り廻して追っぱらって、急いでゆすぎなおしふたをしめます。こんなことを話したら、きっと皆が下種《げす》な話だといったり、おもしろいといったりするでしょうが、ある日の夕方いつものあひるが鍋の中に嘴をつっ込んだ時です。これはどうにもならない生理現象で、私は何だかさっきからお腹が張っていて思わず一発空砲をあげてしまったのです。と、これはどうしたことでしょう。彼等は一斉に棒立ちとなり、皆空に向かってクウと高い恐怖の叫びをあげたものです。恐らく生まれてはじめてきいた不気味な鳴音だったのか知れません。私はその夜ともにその実況を鮮明に伝えました。彼は真顔でいいました。

「やつらおそれ入ったんだよ」

その時は笑いころげたこの話も、現在はこの世に少ない静かな美しい楽しい話に思えてならないのです。

じゃがいもをまき終わり、梨畑の梨の花の鱗片がほぐれて、うす緑色のかたまりあった蕾房がのびてその一本一本の先にちょっぴりうすべにをはいた白い花弁のまるい形が、はずかしそうにふくれ上がって空を覗き出した頃の朝でした。戸外でとてつもない声をあげています。

「おいおい、出てみろ」

私は洗いかけた飯茶碗を桶の中に又放り込んで、眩しい朝日の一面光る庭に出ました。どんな声がその時私ののどからとび出したか思い出せません。兎にも角にもまるで降って湧いたように小さな雑草の生えはじめた土の上に、あのとさかの垂れためんどりと十一羽の黄色いひよこが晴々しくうごめいているではありませんか。風が凪いでいるので、ひよこたちはふわふわした毬のようにふくらんで、黒い目が二つずつ円らについてきろきろ動いています。うす墨を落としたような差し毛や茶色のまだらな生毛などが入りまじっているけれど、黄色い細い脚をともかくも踏んばったりよろめいたりしっかり歩いたり、はじめて見るこの新しい世界に驚いたり喜んだり戸惑ったりしているようです。親どりは何か地面からみつけ出しては嘴でつついてココココと呼び集めます。ひなは皆その方へ集まって来ます。にわとりたちの入口はまだあけないので、遠くからこの光景に目をつけて、あひると一しょにゲゲゲゲココココと翼をはばたいたり押し合ったりして騒いでいます。バンがびっくりした顔で鼻づらを突き出しながらも、私たちの様子を見て二三回低くうなっただけ、左右に首を傾けてひよこの挙動を不思議そうに見守っています。親どりは危険を感じたかククウとないて両翼をひろげる。ひよこは争ってその翼の中と胸の下へもぐり込んで、親どりの体形は二倍にふくれ上がって全部をかくしてしまいました。私は一握りの米をその目の前にそっと置きました。またたく間にたべつくしました。どんなに腹が空いていたのか。二十一日間も私たちの目からかくれてどこでこの十一の生命を孵したのかが夢を見るようです。それにしてもこの姿のみすぼらしい衰えようは、赤いとさかは白っぽくざらざらと湿けたせんべいの切れはしみたいに垂れ、胸毛はぬけて桃色のぼつぼつの地肌が丸出しです。翼は灰を浴びたようで、五六本羽が抜け落ちそうに地辺をひきずっています。尻尾も赤いお尻が見えるほどふらふらとして、あのびっちりと引きしまった隙のない面影はどこにも残っていません。生命をつくり出した親どりの必死さが哀れになりました。私は急いでにわとりどもの餌の屑じゃがを煮る鍋に二つの卵を入れて茹で、ひなのたべものの用意をはじめました。

ようやくその巣を熱心に探し当てました。それはここから三間とは離れていない右側の藪の中、背丈位の楢の若木が四五本、一尺ばかりのいい間隔で生えてびっしりと周囲は笹竹などでかこわれ、一本の藤蔓が楢と竹とを結び合わせるようにからみついて、竹の葉がうまく屋根のように折り曲げられています。熊笹が根元のあたりに一面生えて、笹の枯葉やわら屑などが分厚く敷きつめられて、極めて恰好に仕上げられていました。ここで親どりは卵を産みため、その安全性を確かめてから抱きはじめたのでしょう。日に一回食をとるためと糞をするためにちょっとの間巣をはなれるだけで昼も夜も抱きづめです。時には雨がびしょびしょ竹の屋根から降り注いだことも何回かあったにちがいありません。卵は唯抱いてあたためてさえいればいいものではなく、表面から全体に平均の温度を与えるために絶えず一つ一つを少しずつ転回させながら、全面に同じ熱を与えてゆかなければ見事な孵化は出来ないのです。一人の子を生むのにさえ人間はおおぎょうにふるまいますが、一羽のこの地鶏は何もかもひとりでかくれて、飢えも疲れも睡む気も忘れて長い三週間の努力をこっそり行なったのです。自然といいきれば実《み》もふたもありませんが、こんなふうに誰にも気づかれなくともひっそりと、然も見事ないのちを生み出しているようなことを、私たちも何かで仕遂げることが出来たら、春は、いいえ人間の春はもっと楽しく美しい強いもので一ぱいに充たされていくような気がするのです。

（大正十一年春のこと）

かなしいやつ

その手足が疲れを超えて萎えて弱り、その頭脳が生きる苦しみを稲妻のように閃めかし、その眼は美しくもない世の汚辱の姿を涙でみつめ、その耳は払いのけたい偽わりの怒りを鋭く聞く。けれど胸は波立ちながらもほっかりとぬくもりを持つ春風のように柔らかく、痛んだ傷口の上をそっと撫でてやりたい気持ち。その岐点に立ち、そのあたりをさまようものの吐息が詩というものかと、詩を知らない私は考える。だけに詩は人間の心に湧いて言葉の中に哮《た》ける精髄のあらしなのだとも思う。その人さまざまの中にさまざまの詩は生まれ、そのさまざまの詩のかげにその人は生かされていく。蛇に怖じぬめくらの私は、めくら相応の勘の悪さでしんけんに考えこむだけだ。そんな私は、気紛れみたいに猪狩満直と名乗る男を思い出す。

　知る人は彼を農民詩人という。確かに農民で、鳩のような目で泣き、鷲の翼でとび交い、いもっ葉の上をころがる水玉みたいに危く転々しながら、捨て去った故里の土で死んだ。すぐれた素晴らしい詩も下手な詩も、残されたあとの批判の是非を一先ずおいて、書く時の彼の心にみじんな差異も猶予もない、生活ひとすじに吐き出す呼吸であった。その中で涙も、呪いも、希望も、たたかいも、愛情も、蹉跌《さてつ》も、四十年の生涯に背負うた重荷は、運命とあきらめきれない無残なものだった。彼は詩を書くとはっきりいった。彼の熾烈な熱は誰にも愛され、有名な詩人たちまでもその卒直な詩をかけがえなく真実のすぐれた生活詩と認めてくれた。彼は農民詩人としての足跡を地面にはっきりしるしたことに、胸一ぱいの報いはあろう。慰めはあろう。

しかし私は何かしらたわけたことを考えこむつまらぬ癖を持つから嫌らしい。なぜ農民という特殊な冠をかぶせるのだろう。農民詩人、農民××、もしこの冠で類別されるなら、工員作家、労働詩人、漁撈画家、行商歌人の名称が並列されてもいいではないかと痴呆《こけ》なりの思案をうかべる。殊更な冠の中には、何か泥まみれの不様に哀しい尻尾の形がつきまとうような気がしてならない。不似合いな場所からあげる舌たらずのみじめな呻きが特別に抽出されて、特殊扱いされていやしないか。逆にいえば農民といううそ寒い溜り場に掃き寄せられて、ため息まじりの眼鏡で俯瞰されてるしがないひがみが伴なうためか。何となく私には避けて通りたい言葉のようで困る。彼を知る人たちの殆どが、猪狩とかマンチョクと呼ぶ。私はみつなおさんといい続けた。つまり私には、すっぱりと無縁の詩を抜いた自分と同じ百姓の満直さんのつながりだからであるせいか。

彼の生地は菊竹山から一里離れた、さくさくの真黒い肥沃な指折りの野菜地である。夏井川を背にした旧家の長男に生まれながら、何故この山腹に掘立小屋を建てようとしたのだろう。大正十年の春、私がこの藪原につったった時、うしろの小松と笹藪の上から覗き出ている残骸の背骨を見た。寄せ集めの曲り木の合掌屋根の骨組みだけが空間に窓を切って、夜はその窓越しに黒い空の星々が、獣の目のように光った。それはそのままにいつとはなしに朽ちて倒れて、誰かが焚物にでもずるずる引きずり去ったか、私たちの手を待つ藪だけが茂りに茂って残された。

筍の節は筍を、真夏は水々しい胡瓜や茄子を、氷雨の降る日にヒゲ根の生えた赤いにんじんと白茎の長い葱の一束をどさりと雨のもる土間に投げ出してくれる満直さん。その背に秋だけの収穫である赤梨を、私たちはこの時とばかり、しょってけ、持ってけと風呂敷の底が張りちぎれる程につめこんでその背にのっける。お互いが汗水たらした物々の好意のうれしいやりとりだった。その喜びは、わっはっはと笑いが山一ぱいに響き渡るほどに、今でもかすかに山の空に残ってこだまがきこえるようだ。

満直さんの苦悩のはじまりは、幼い時に実父に死に別れ、名家という役にもたたぬかみしもみたいなつっ張りがほこりをかぶった中に、たねちがい腹ちがいの三段階の兄弟姉妹が混居した大世帯の煩瑣な生活と、全く火と水ほどにちがう義父との性格のどうにもならぬ烈しい闘争からであったとこれだけはいえる。それ以外は私は知らない。唯彼の行為をみながら、貧しく無能な私たちはどうしようもなく、はらはら見守るだけであった。日を重ねる毎に険悪の様相は極限を極め、彼はすべてを捨てて、北海道移民募集に応じる飛翔の翼をつくろいはじめた。

*

「飛翔でねえ。それは一番弱え逃避でねえか」

「逃避だと！」

満直さんのまっさおな顔は、ずけずけした混沌の言葉で怒りをおびはじめた。

「義父《おやじ》の頭なんぞかっくらすけて鬼になんだ。何でそんな死の道をえらぶんだ。二人の小ちゃい子供のためにも――」

「耐えれるだけは耐えた。すべて限度を越えたんだよ。俺にもし平窪《ひらくぼ》の両親のような親があったらなあ。死ねたくも死ねやしねえ。家を捨てたくもどうして捨てられっぺ」

「んだが出た者が損なんだぞ。おやじめ、酒くらって喜ぶだけだ。おめえは氷の風の中を、ぼやけた目的をあてにさまようんだ。おい、さまようんだぞ。つれえ。あんまり酷すぎねえかい」

満直さんはまだ青ざめていたが静かだった。

「自分の体力健康も疑問だし、小さいやつらは死ななくともアブ蚊にはさされっぺえ。でもな、俺の決心はそこをとび越してる。決してあまちょろくはねえぞや」

＊

今もありありと目に浮かぶのは、彼がとび立つ何日か前の夜である。寒い春一番が暗い空を吹き荒んで、この小屋はゆらゆらと揺れる小舟のようであったが、土間の一枚戸をあけてどっと吹き込む風と一しょにのめり込んで来たのは、少し逢わぬ間にげっそり痩せて目玉をきらきらさせた、幽鬼のような彼であった。

「ああ、みつなおさん」

私は荒壁の隙間から吹き込む風をからだでさえぎって、先ず炉に柴をくべ鉄瓶に水を入れた。いつもの形で、いつもの順序だが、今夜ばかりは何かの渦が黒くぐるぐるしている。小さい子が危いために細木の枠で炉をかこんでいた。細木の間から両手をつっこんでかざし、あごを木枠のふちにのせた同じ恰好で、二人は焚火に顔をそめていた。

「どうなった」

低い混沌の声に相手の答えはない。

「やめるか、行くのか」

満直さんの目が焚火にきらきらした。

「きめたよ」

「どうしてもか」

「手続きや金の工面でかけ歩いた。どうにか準備らしい形は出来た」

「義父《おやじ》はどういってる」

「すべておやじには秘密だ。こないだの晩やりあって、庭の大松の枝を一本俺は一刀で伐り落とした。すかっとしたな。それきりだ」

混沌の目玉がめがねの下でぎろりと動いた。

「北海にゃ熊がいるぞう」

「熊か」

「吹雪の熊が、開拓の熊が、桁外れの報酬の熊がな。俺は十年近い開墾だがまだほんとうに飯がくえねえ」

満直さんの唇はふるえてぎっと嚙みしめている。（どんなに苦しくたって耐える。いもをかじって暮らしたって充分だよ。畳の上に住む熊に、昼だなし夜だなし、じりじり内臓を食われるよりは――）彼は確かにその唇から、そう吐き出したかったであろう。

「意志はその意地で耐えぬけても、おめえのからだが耐え抜けるかな。心配《しんぺえ》なんだ」

「今は煩せえ怨念みてえなものが俺のからだをくい荒らしていんだ。だが飛び去ってしめえばさっぱりとした勇気だけになる。大丈夫だ」

「その勇気よ。なあ、それをも一ぺんねじ曲げるその又上の勇気が出ねえか。宝物みてえなあの肥えた真黒い土地を、どうしても捨てねばなんねえか。俺は何としても北海道さはやりたくねえ」

「わっはっはっはっ」

満直さんは突然笑い出した。空の雲さえ吹きゆする風に劣らぬその凄い金属的な笑い声に、私はぞっとして背筋がしびれた。古じゃがいもの熱い味噌汁をのんで、白湯をすすって、涙の乾いた顔をさばさばさせてたち上がった。

「おせいちゃん、我慢して生きろよ」

そのまま真暗な吹きちぎれそうな山原へ、ひとりで追いやるのは何ともつらかったらしく、混沌はひしゃげた帽子の上から古手拭いの頬冠りをして二人で出た。話し声も足音もすぐ風に消されてしまったが、半時間ばかりして混沌だけが凍えた手足で戻って来た。

「あいつがも少し図太かったら助かるんだが、あんまり純粋すぎる。生まれがいいせいかな、かなしいやつだ」

「募集条件通りにうまく成功出来っぺかね」

「意志はやりぬけっぺけんど、渡道開拓には体力と合わせて資金が第一の条件だしな。移民制度の裏表、それに実績のくいちがいもやがてこたえてくっぺ。んだが何よりもやつのからだがいつまで耐えられるか、それが一番心配《ぺぇ》なんだ」

その頃満直さんは一里の野道をとぼとぼと歩いて、間もなく捨てねばならぬ屋敷前の豊壌な畑の中で、てっきり北斗星をにらんで声もなくただずんだことだろう。月の暗い夜、妻と二人の幼児をつれて、地獄にも思える生家の大屋根も黒い田畑も足蹴にした。

渡道してからの彼の明るい手紙が一通だけ手許に残されている。おそらく彼の開拓生活ぶりに思いを馳せて、微笑しながら混沌が大切にしまいこんだものであろう。紙もぼろになり虫もくっているが、中は移民生活を如実に物語るもので、有島のカインの末裔を読んだよりも私には身近かな興味が深く、この生きた記録は、浅い私の想像などで汚すことは許されない貴重ななまの響きをひしひしと伝えてくれる。


昨日山から帰ってみると兄からの手紙は俺の帰りを待っていた。俺はどんなにうれしかったか。一字ももらすまいとランプにひっつけて読んだ。インキに水を割って書いてくれた兄の手紙を読んでいると、ついに自分の胸は圧せられて涙出ちゃった。千万手紙が俺を埋めようとも兄からの手紙ないうちは、俺はほんとうに寂しい思いですごしているのだ。

ここ二ヶ月というものは粉骨砕身、文字通りの生活だった。殆ど時間空間の意識もないはげしい労働の中に軀を投げ込んでいたのだ。予定通り二町歩の開墾終了。稲黍、ビルマ（菜豆）、ソバまいた。稲黍、ビルマは余程大きくなった。ソバは生えたばかしだ。秋の霜害がなかったらこれで飢える心配はない。蒔く生える伸びる実る。実際驚く程だ。とうきび南瓜大きく、馬鈴薯花咲いている。さんど豆は四尺も伸びて花咲いている。間もなく食えるだろう。土地が非常にいいのだ。肥料はカリンサンだけ、この地ではカリンサンをこやしといっている。上層一二寸位は木の葉の腐植土、その下に一寸ばかしの真白に火山灰、その下は真黒な土が三尺あまり、その下に深く赤土といったような層をなして石ころ一つないのに驚く。近所に三十年前に移住して来た人があるが、それで一回もカリンサンの外肥料用いずりっぱな作物が年々とれている。内地では本当にきけない話だ。

新墾地は草は生えない。だんだん古くなってカマドガエシという内地の地しばりに似た草が生える。三年位すぎると笹木の根腐れてしもうので除草は馬でやってる。何もかも馬でやるようだ。一頭馬でやっているのは頼りなくみえる。農具は大ていブラオとかハローとかホーとか英語で呼んでけつかるんだ。この地は草原でないので、それに五町歩十町歩農業なのでトラクターといった機械はみられない。木株があるのでどうしても馬力によるしかないと見える。十勝へゆくとやってるそうだ。

北海道でも国によって経営が余程ちがっているらしい。気候地勢の関係で釧路ではリンゴは出来ない。今のところリンゴは後志、北見、根室、釧路は山が多いので半農半牧地とされている。馬の名産地だ。近来牧牛が盛んになって来たといわれている。馬をかうのは本当にらくなもんだ。ぶっ放しておくだけだ。

牧場は内地で考えていたのと内容が余程ちがっている。少くとも二万の金がなくては成功はみられないらしい。千町歩借りるとするとその内には平坦なところがある。それは農耕地として必ず開墾しなければならないそうだ。それに小作人を入れなければならないし、何年間に馬何頭、牧柵が金だ。

夫婦二人で五町歩十町歩、燕麦大豆小豆が主だ。陸稲大麦は出来ない。みんな稲黍飯というのを食っている。ちょうどヒエみたいなこまかなやつでたくと黄色くねばねばしたものだ。プンとなれないせいか鼻にくる。それにビルマを入れると臭気が消えて食えないこともない。俺等は内地米から北海道米、外米にやって来た。今稲黍に移らんとしてまごまごしている。早晩うつらねばならない。この地のものはいも時はいもをうんと食い、南瓜の時は南瓜色になるという。外米は一升三十四銭位、北海道米五十銭、内地米は少し角が出る位のところで内地と余り変りはない。稲黍は何といっても二十五銭の安さだ。

釧路では余り水田は見られない。工費がかかるということだ。近所の川津という人のところに八反歩ばかりある。珍しい。そこで蛙が鳴く。俺もデンマルクの農業でも研究して理想的な農業経営をやりたいと思っている。馬一頭買った。乞食が馬持ったと同じで入れどころがない。同県人に貸しておく。近く仔馬《こっこ》が出来そうだ。種馬が三頭来ている。すばらしいものだ。馬の医者はあっても人間の医者はない。おかしな話だ。

開墾ということは実際楽な仕事でないことをしみじみ体験させられた。えらいというより外言葉がない。火をつけて下草を焼く。萩が一丈ものびている。倒木という厄介なやつがある。二抱えもあるやつを四尺位にこぎって、ヨットコでなければ動かない。めんどくさいところは萩と一しょに灰にしてしまう。枝払いというのをやる。大木にロープを投げて猿のようにのぼってゆく。枝と一しょに墜落したかと思うことがままある。何でこうだことしねっかなんねえんだ。死にそうに恐しくなってろくに枝も払わずに下りてくる。胴っ腹けっぱられる。灰や汗で真黒になる。指はひしゃげる。

吉野さんのようになったと俺等は兄を思い出して笑う。兄たちのああした生活しみじみ思われる。耳鳴りがする。目が見えなくなる。鼻血を出す。といって俺は兄に今北海道に来たのを、こうした生活をつぶやきたくはないのだ。夜中に厭な咳払いに目を醒さなければならなかったり、一晩中酔っぱらいの説教をきかされて夜明した時からみるとまるで天国さ。何の不安もなく夜の明けるのも知らずに眠れるということはどんなに幸福なことか。稲黍飯位何でもない。

北海道の自然、雪がとけると福寿草が咲く。鈴蘭が山中肉感的な香気をふりまいてうっとりさせる。しゃくやくが野生している。山鳩、カッコン鳥、ボンボン鳥、哀調たっぷりな馬追鳥。馬は緑野に頭をたれ、のんびり草をはんでる。木蔭に寝そべっている母馬仔馬。ミレー、ツルゲネフの腕なきを悲しむばかりだ。（後略）

この便りの世界は満直さんにとって、貧しくとも農夫として生涯中、希望のきらめく最高の一刻であったか知れない。果たして二年目に妻のたけおさんはその荒行に砕かれてあえなく白骨となった。二人の幼児を抱えて猛雪の小屋に添い寝の悲しくあたたかい彼の詩、「雪の夜の会話」はこの苦しみの中に生まれた。しあわせなことに更科さんたちにめぐり会い、いつも彼の近くに幾人かの溢れる友情が彼を励まし、慰め、涙を忘れるほどに勇気づけて生かしてくれた。二度目に得た賢こいたかさんと、正義一ぱいで社会に挑む勇敢な詩人たちと手をつなぎ、阿修羅のように働き、機関銃のように詩を書き放った。馬ぞりで働きその詩も書いた。氷の上に異常なかげろうの燃え立つように、荒けずりの詩集『移住民』がうまれた。

だが、混沌がはじめに案じたように、ガスと冷寒は労苦を踏みつぶして開拓食糧を腐らせ、移民制度の規約の裏は無責任冷淡である。彼は夏は土の上に、冬は雪の上で働いて生きねばならなかった。病苦の爪は彼の咽喉を突きさし、土地一切を抛棄した。カラカラと音する第一のいけにえの骨壺を背負って、家族をつれて、二度と踏む土でなかった生家の畑の忘れ難い香をかいだ。

幾年ぶりかで満直さんは私たちの小屋を訪れてくれた。やつれ果てたその相貌に、想像に余る今日までの彼の苦労の影を見た思いがする。太い毛糸を二本どりにしてふくふくと編み上げた厚目のセーターがだぶついて、却ってその中身の細さが痛々しいようだ。髪毛も赤ちゃけ、細い首筋が襟廻りから頸骨を浮き上がらせてか細く脱け出している。上り端においた剪定用の鋸を手にとって眺めて大声で笑った。

「何だい。これで何が切れる！」

「ああ、息だけが切れんな」

　みつなおさんはヤスリをとって丹念に目立てをはじめた。その間にも北海道で稼いだ原始林の伐木の模様や、雪原を走る馬ぞりのはなし、内地からの根無し草の流れ者のはなしなど、夢中にしゃべり続けた。時間をかけて目立てをおえると、片目をつぶって刃揃えの線を眺め、指先でチョンチョンとはじいて刃並みの響音に耳をすませてから、

「今度はちっとは切れるべえ」

　出発と帰郷との数年の彼との空間の間に、私たちの畑は面積は広がり、梨の木が太り、子供の数が殖えただけ、小屋の破れも住む私たちも恥かしいほど相も変わらぬ貧乏だけを肩に負うている。農作物の価値のない農村どん底時代であった。日当五十銭の村の農民救済事業に、混沌も一冬働き通した。

　そんな折りにやむなく戻った故郷の土は、彼にとって決して住みよいものではなかった。古い種根はまだ腐り切れず、新しい葛藤なども加わり、もつれは一層複雑にもつれて、彼は新しく養鶏業で生活をたてなおそうとした。はじめてみたが、当然資金の継続の見通しはうすく、彼は何でもやった。更科さんの好意の再度の渡道もあえなく破れ、立ち戻った弱いからだでどんな仕事もえらばなかった。そして生活詩集『秋の通信』を書いた。この蔭には真壁さんの深い友情が潜むものと思う。自分がそんな中で生きなが

ら、混沌が風邪をこじらせて寝込んでいる時、突然訪れて栄養物をとらせろといって、その血汗の労賃の幾割であろうに五十銭銀貨を五枚、マッチの空箱に入れて私の手に握らせてくれたみつなおさん。

間もなく手頃の職が見つかって信濃へ飛んだ。ようやく家族を呼び寄せて小さい巣造りをはじめたものの、彼の気管に忍んでいた残忍な悪魔はかまくびをもたげはじめた。すべての気力はむしりとられて、川中子の生家へ戻って四十歳の若さで死んだ。桜の花びらが散りはじめて、はじめてやすらいだその死顔に降りかかったろうけれど。

人間の中であんなにきれいな心を持ち、あんなに正直に爆発しながら、びしょびしょ泣きぬれても不思議に明るかったみつなおさん。私はあれが詩人マンチョクだったと今はじめて胸をゆすって呼びかける。

混沌が死んでから、私は自分ながらおかしくも思える位なつかしい思いで、川中子の彼の生家をはじめて訪れてみたが、その古い家系を物語る黒ずんだたくさんの位牌が仏壇の中に重なり合って、ずっしりと居流れているのを見た。生前の人間同士の愛憎模様もあとかたもなくひっそりとして、おおらかな時の流れの虚しさを包み込み、古い障子に三月のひざしが一ぱいあたって、肥沃な野菜畑の土の香りがへやにただよう。現在は新しい隠居所に建て代えられたが、その時はまだかつて義父が住んだという、倒れかけた昔のままの大きな隠居所の空屋の柱に、彼の怒りの刀痕の傷口がそこにも微かに残されているのをまざまざと見た。しかし川中子の野の風は何も知らずに春を含んでそよいでいた。

（大正十四年冬のこと）

洟をたらした神

ノボルはかぞえ年六つの男の子である。墾したばかりの薄地に播かれた作物の種が芽生えて、ぎしぎしと短い節々の成長を命がけで続けるだけに、肥沃な地に育つもののふさふさした柔根《やわね》とはちがう、むしりとれない芯を持つ荒根を備える。バランスを外した貧しい食物で育てられていても、細い骨格ながら強靭に固くしまっている。ノボルはそんな子だ。たまに古いバリカンで虎刈りするだけなので、土埃をかむった頭髪はぼさぼさと、両耳をかくすほどのびているが、頬は丸々としてあどけない。突っ放されたところで結構ひとりで生きている。甘えたがらない。ものをねだりもしない。貧しい生活に打ちひしがれての羽目を外した私たちの無情なしつけに、時に阿呆のように順応している。

いつも根気よく何かをつくり出すことに熱中する性だ。小刀、鉈、鋸、錐。小さい手が驚くほど巧みにそれを使いわける。青洟《あおばな》が一本、たえずするするとたれ下がる。ぼろ着物の右袖はびゅっと一こすりするたびに、ばりばりぴかぴかと汚いにかわを塗りつけたようだ。大方ははだしで野山を駈けめぐる。もっともそれはノボルだけではない。開墾地の子供たちは、冬以外は殆どはだしで育って、子猿のようにはしっこい。野茨で引っ掻いたり、竹そぎを踏んだりして少しばかり血を流した位では、彼等は痛がったり泣いたりするのを仲間の前で恥じるらしい。出血が止まらないと唾をつけてぼろ切れでぎっちりしばる。

菊竹山の全容を雄大にふくらませている赤松の密林の中に一個所、そこだけが湿地のためか、三四本のこじれ松が生えただけの手頃の広さのスロープが南向きに展けている。恰好な遊び場所には、土と垢とはな汁とで塗り上げられたわっぱ達が潑剌と動いている。辷《すべ》りおちる快適な土地車《どじ》のゆさぶり心地、つんのめる竹馬の駈け足。小さい股木《またぎ》にゆわいつけたゴム紐の強弱ではじき出されるつぶての距離の遠近の争い、先端を鋭利にそいだ堅木の棒を、土中に打ち込んでたおし合う力試しのねんがら打ち、ペッタ（メンコ）の打ち返し、ビー玉のかっきり、これらのいくつかは興味深いとばくでもあった。角力《すもう》、けんか、木のぼり、石けり、小学生を頭にしての小童《こわっぱ》たちの遊びは、放胆で、原始的で、山深い谷間の急流が落下するように騒々しくて、清々しい。

ノボルはめったにその仲間にはいれない。それはいつも彼の小さい背中に妹のリカが結いつけられているためだ。姉のタズが帰ってくるまでは、一時間おき位に何度か結いつけられ、おとなしく、時には少しむずかったりしてるリカの顔が、小さい肩に白くのっかっている。その間見向きもせずに、畑仕事に打ち込んでいる親たちの険しい圏内にははいって来ない。夏近い太陽が中天にのぼると、梨畑の暗い葉蔭の下へ、はだしではいってゆく。課せられた自分の責務を果たそうつもりか、小さく小さくもぐるように遠ざかってゆく。そしてそんな時、きまって同じ一つのうたを遠くでうたう。たぶんタズからきき覚えたものであろう。

ぎんぎんぎらぎらゆうひがしずむ
ぎんぎんぎらぎらひがしずむ
まっかっかっかそらのくも

あのうただ。幾度もいく度も同じうたを倦きずにくり返す。うまい。子供らしい音程にも狂いがない。その歌声を耳にするとき、私はいつもノボルの心は西空の「湯ノ岳」の山嶺を眺めているなと想像する。小さいからだに重すぎるリカと重なった影ぼうしが、山畑の上にひきずるような長い尾を引いている夕景色を思い描く。彼の眼の中には、口にはいえぬ二粒の水玉が、まるくまっかっかにきらめいているのではないかと続けて思う。とりも直さず重いカセを解き放される自由の日暮れを待ちわびているのかもしれない。たまらなくなって、私は畑にすわって乳房を出しながら大声で呼びたてる。リカが暑さにげんなりして膝の上で乳房にすがると、彼は脱兎のようにわがやの方へ逃げてゆく。

私たちは未だかつて子供のために、玩具といえるようなものを買って与えたことがない。ともあれ余裕がないのだ。誰かにもらったぼろぼろの絵本、つぶれたセルロイド人形、空気のぬけたゴムまり、ピイピイという単調な鳴音がこわれて唖になった山鳩などは、もう彼等には何の魅力もなくなってどこかへ突っ込まれてしまった。三月の雛人形もなく、五月の鯉のぼりもない。誰に祝福されるでもなくこの世に生まれたような彼等。しかしそんなことはこうした開拓部落に住んで、人界の風習にうとい子供たちには、一方にこの親たちの親らしい力を持たぬ親であることなど、あまりさしさわりにはならないようだ。

根元から放れた場所にまかれた肥料に、根は生きるための敏感な触手をのばす。成長する意志は、そのおかれた場所からふさわしい何等かの必要な活動を見事に踏み出すらしい。

白つめ草が咲けば、タズは学校帰りの川原でいくつもの花輪をつくり、まだ固まらないリカの小さいくびにまで飾ってやる。梨畑の下に摘み果たして散らした青い小さい実を手当り次第拾い集めては、土の上に一つ一つを並べて、正しい円形、だ円、四角、三角を描き出す。ひし形、六角形までも。一つの実の抜き差しによって、より正確な図形を整える。幼い知恵によって工夫体得する幾何の芽生えだ。

こんな時はタズの方がやや複雑に、家になり人になり花になり多様化する。ノボルの単一な形の創意よりも、タズには年齢に応じた鑑識の前進があるためだろうか。

タズが四つの時、父のうしろについて日暮れの畑道で無心にいった。

何にもねえから、花煮てくうべな。

おてんとうさまあっち行った——

畑にはとり残したふらふら菜っぱに、真黄な花がしんじつに咲いていた。父親は立止まってそれをそのままノートに書きつけた。その晩、ほんとに何もない私たちは菜の花を煮て、新しい食味で胃袋を充たしたのである。乏しさをかこつだけの大人の常識に堕したよどみを、その時このばかな母親は、どんなに佗しく、あえなく恥じたか知れない。

親ばかの情熱は、ある時は又ムキな執念で、わが子のどこかに人に知られぬ高い評価の点数をつけたがる。ノボルのつくる竹トンボ、これが至極すばらしい。両翼の釣合と中心のひねりの均衡がうまくとれてるらしく、だれのよりも高く長くとぶ。鉄輪をはめた独楽《こま》のあの快いうなりと、みなが澄んだという回転最中の不動に見える一刻の魅力にみとれて、ノボルは例のはな汁をたらすが、買って欲しいといい出す言葉を持ちはしない。自分の手で堅木のいくつかをこしらえた。鉄輪も心棒もないのっぺらぼうのひょろ長い、みんながバカゴマと軽蔑するそれを。四つも五つも。表面のでこぼこを小刀でなめすようにけずりとって、中心の心棒の位置をカンで決める。梨袋の補強に使う荏油が空かんにこびりついているのをぼろ切れで拭いとって、独楽全体に根気よく磨きをかける。白木の手垢がかくれて油じみた艶を持つと、ぐんと格が上がってほんものらしい玩具に見えてくる。そんなとき、私はどうしても細くしなやかな紐をつくってやりたくなった。不必要な古い紅絹裏をさいて、念入りに平均によりを加えて先細りにもじる。鉄輪のコマには麻紐だが、手づくりのバカゴマには布よりの絹紐がふさわしいようだ。彼は喜んで紅紐をきりきりと巻きつけ、小さく腰をかまえ、右手をくるくる廻転させながらさっと投げて紅紐を引く。コマははじめは倒れるように大揺れにおどり廻るが、少しずつ小廻りに変じて、見ている者をはらはらさせながら、極めてひょうきんにまるで全身で笑っているよう、澄むなどという荘重な物々しさとはうらはらにふらふら、ゆらゆら、倒れそうで中々愉快に意気張ってるみたい。ころりと音して細長いからだを横たえた時、ノボルはしょんぼりとしたが、私はばかのように笑いこけた。

土台おもちゃは楽しいものでなければならない筈だから。大量生産されたものには、整った造型の美、研究された運動の統一した安定があるだろうが、この幼い子の手から生まれたものには、無からはじめた粗野があり、危なっかしい不完全があっても、確かな個性が伴う。おそらく五つが五つ、みんなちがったそれぞれの踊りを潜み持ち、展開してみせるだろう。

「うまくできたな。クレヨンで色塗ったらどうや」

私は心からほめたつもりだが、彼はむっつりとして考え込んでいる。しかしもう次の工夫が小さい脳味噌の中をむずむず動いているらしい。

ある晩、私は父親の机の上から一冊の本をとって、子供たちに読んできかせた。札幌に住む更科さんのコタンの詩である。もう今は殆ど忘れてしまったが、カタカナで書かれたと思う。タズとノボルはその中の一節をいつまでもそらんじていた。

ヤンマハンタシテ　アルイタモンタヨ
ユキカフッテモ　ハンタシテアルイタヨ
オレタチ　ミンナ　ナカヨカッタモンタヨ
シャモカキテ
ワルイコトオシエタンタヨ

濁音がなくとも、子供らの感覚は鋭敏だ。むしろかりかりと冷たい、だが至極明るくいい調子が、くつくつとその胸をゆさぶるらしく、これは新しい玩具に代わる興味がふつふつと噴き出したか、その明日からノボル自身はだしのまま、大きな声で、ユーキカフッテモハンタシテアルイタヨと、節をつけてくり返しはじめた。短い山彦が菊竹山の横腹から返ってくるほど。唯シャモが問題らしく、タズがどんなに笑っても、ノボルはいつまでも軍鶏だといい張った。私はそれきりほったらかして、うなる一匹の働き蜂にかえっていた。

幾日か過ぎて、ノボルは重たい口で私に二銭のかねをせがんだ。眉根《まゆ》をよせた母の顔に半ば絶望の上眼をつかいながら、ヨーヨーを買いたいという。一斉にはやり出したもので、私は手につかんだことはないが、滑車の回転の振動と惰性を利用した、饅頭を二つ合わせたような形のもので、芯に結んで垂らした糸の操作で生きてるようにある高さまでするすると上下する。他愛ない大人まで夢中にならせた。

初めてねだったいじらしい希望であった。だが私はこんな場合にさえ、夢を砕いた日頃の生活から湧く打算を忘れぬ非情さを持つ。二銭の価値は、キャベツ一個、大きな飴玉十個、茄子二十個、小鰯なら十五匹は買える額とはじき出す。それならちびた鉛筆で書き悩んでいるタズに新しい長いのを買って与えられる。私は南瓜の煮たのを食べさせながら、出来るだけおだやかにいった。

「ヨーヨーなんてつまんねえぞう。じっきはやんなくなっちまあよ。それよりもなあノボル、梨が出来たら、ほら来年学校さあがんだっぺ。帽子と、カバンと、いろんな本、すずり、筆、鉛筆、ナイフ、それから石盤石筆、帳面、クレヨン、そして新しい下駄なんど！　うんとかかっけどみんな買ってやるよ。学校さ上がっと、運動会の帽子だの、白いさるまただの——」

ノボルのまつ毛は、ぱしぱしと絶えずしばたたいていたが、きいているのかいないのか、黙って南瓜を食い終わると、すっと戸外へ出て行った。何となく不安な思いがかげると同時に、意表外な記憶がしみ出して来た。

文芸戦線あたりで読んだ、たしか黒島伝治の作品であったかと思う。

村外れの粉挽き小屋で、一頭のやせ牛に石臼をひかせて、頼まれた穀物を挽いて生きている母子二人。その一人きりの小さい息子が、コマを廻す引綱が二銭と一銭の二通り、雑貨屋の店にさがっている。太さも長さもはっきりちがう。息子は皆の持ってる二銭のを欲しいのだが、苦しい母は一銭しか呉れない。あきらめて一銭のを買ったが、寸が短いために牽引力が弱い。コマは澄む力がなくすぐへなへなと崩れてしまう。息子は足と両手にからんで一寸でも長くしようと引っ張ってみるが、その骨折りは哀れにも空しい。ついに母が留守したちょっとの間を盗んで、ひき綱の長さを半径とした一定の円形をゆっくりと廻っているやせ牛のうしろから、臼の廻転柱にその紐をからみつけて、両手で力限り引っ張りながら自分も廻るうちに、片手の紐が指からすべり抜けて、柱の廻転力を加えた猛烈な反動で紐は引き外れ、息子はしたたかに円形の中に叩きころんだ。起き上がる力もないうちに、老ぼれ牛は息子をふんづけ、幾回となく踏みつぶして、尚粉を挽き続けていた。

コマ紐の二銭、ヨーヨーの二銭、が妙に胸にひっかかって、唯貧乏と戦うだけの心の寒々しさがうす汚く、後悔が先だって何もかも哀れに思えて来た。午後は歌声も姿も見えないノボルが気になって、タズの背にリカを結わいてからも、仕事の手がいつもよりたるんでいたと見え、疲れたんだらやすめと何も知らない父親はいってくれたが、私は頭を振って、陸稲に土寄せする鍬の柄をますます強く握りしめて振りつづけた。

然しその夜、吊ランプのともるうす暗い小家の中は、珍しく親子入り交じった歓声が奇態に湧き起こった。見事、ノボルがヨーヨーをつくりあげたからであった。古い傷口が癒着《ゆちゃく》して上下の樹皮がぼってりと、内部の木質を包んでまるくもり上がった得難い小松の中枝がその材料であった。枝の上下を引き切り、都合よく癒着の線がくびれている中央にぐるり深くみぞを彫り込み、からんだ糸は凧糸を切って例のあぶらぼろで磨いて辷りをよくした入念な仕上げだ。やや円筒に近く、売り物の形とはちがうが、狂わぬ均衡のカンに振動の呆けは見られない。せまい小家の中から、満月の青く輝く戸外にとび出したノボルは、得意気に右手を次第に大きく反動させて、どうやらびゅんびゅんと、光りの中で球は上下をしはじめた。それは軽妙な奇術まがいの遊びというより、厳粛な精魂の怖ろしいおどりであった。

（昭和五年夏のこと）

梨花

四月十五日（一九七一年）、草野心平さんの書画展を見るために久しぶりで出平した。ちょうど場所も同じところで、平に住む知友高瀬さんの画とその塾生たちの合同画展が、あすから開かれるということをそこではじめて知った。私はますます嬉しくなって、大黒屋デパートの六階ホールへまっすぐあがった。

年老いた童子とたとえたい無心な姿で、陳列の下準備に大わらわな彼に、私は声をかけた途端、思いがけなくそこになぜかいつもけやきの樹を連想させる心平さんが、袴姿で人影の疎らな中にひとりで立って、並べられてゆく絵をじっと見ていた。私は駈けよって、挨拶抜きの今必要なお互いの用件を手短かに話し合って、あとで見に来いよとあの人は五階のご自分の会場へ降りて行かれた。

高瀬さんははずんで、忙しいだろうに私のために、一点一点その労作の苦しみを説明してくれた。説明されると絵画にうとい私の眼にも、どうやらその創意がおぼろ気ながらのみこめてくる。正しい焦点がつかめてくる。

象徴的な心霊の画ともいえるか。底に潜む老いたこの人のひたむきさを、強く美しいと思った。自分のとしのせいか、或いは心境の空漠からか、ともすれば狂人の眼を通して映る途方もない幻想の色彩とか、淡いりんかくの仏画の前などに足が止まる私を、高瀬さんは微笑して、そこでなおよく話してくれた。

整然とした五階の心平さんの会場は広く明るく、たくさんの人々が出入りしていた。見馴れたその風格の躍る文字に引っ張られて、私は受付など忘れて素通り、真直ぐ会場に入った。一点一点独特の雄渾な文字を心をこめてゆっくり見た。読んだ。少し墨色のにじんだ「母岩」の前に来た時、不意に涙でかすんでくるのが、何故か自分でも訳がわからないで眼をこすった。

絵画の部では、予想とはちがってがらりと変わった色彩の鮮やかさにまず目をみはった。まるで一面の野火に夕陽が燃えうつったようだなと思った。グァム島に一行したらしい石川達三が、心平は地べたにすわりこんでパステル画を描いていたと、あとで何かに書いていたのを見たと思うが——。心平さんの画を見るのは始めてなので、グァム島はもちろん、描いたその絵のことなどについて、少しおはなしをきかせてもらった。

十五年寝たきりの、古い混沌のお友達を見舞うも一つの用事を持っていたので、そのまま帰るつもりであったが、肩を叩かれた中野勇雄さんなどの顔を見るとむかしがなつかしくなって、持ち前の野育ちの性格から、その時はじめて紹介された方たちとも明け放しの気易さで、盛んなパーティーの一刻を過ごし、折柄居合わせた猪狩満直の息子のマコトさんの好意で内郷まで病人を見舞い、衰え果てたその人がむせび泣いて喜ぶ涙を見て胸を熱くし、それからいくら辞退してもマコトさんは、菊竹山の私の小家まで私を送り届けねば気がすまないように、たそがれの野道をゆっくりと走ってくれた。

山の夕闇の中に、梨畑の梨の花が、花房のあちこちに白く一輪ずつひそやかに開きかけていた。忽然と、私は今逢うて来たばかりの心平さん、高瀬さん、逝いた満直さん、混沌、可愛らしい梨花（死んだ二女の名である）、これらが燃える車輪となってくるめく幻覚を脳裡に感じた。

想い出は遠い昭和五年の白い秋雨の降る日、心平さんは長男の雷《らい》ちゃんをねんねこで背負い、満直さんと二人このうらぶれた小屋を訪ねてくれた。その時心平さんは、雷ちゃんが着古して小さくなったあたたかそうな一つ身の綿入れとネルの単衣とを、梨花に着せろといって持って来てくれた。たぶん奥様が小川村の清水で洗いあげたものであったろう。時にとってのうれしい賜物を私は受けた。梨花は生後半年ばかりの名前通りの仄白い静かな子であった。その二ヶ月後にこの世を去って行ったが、その小さいむくろを包んだのはこの雷ちゃんの着物。私は生涯忘れはしない。今日、高峯に立つ心平さんたちを見て喜んで、なお断ち切れぬ因縁のきずなにつながるマコトさんの車から降り、開き初めた梨の花を眼にした瞬間、私はつかれるように梨花の想い出を語りたくなった。梨花を思い出すには、今日が一番いい時のように思えたから。

引きさいたノートの紙片に記したその時のものが、いつそうされたのか混沌のノートの一つにはさまれていたのを、驚いて私は抜き出しておいた。もう忘れていた鉛筆書きのぼろぼろのもの。日付は昭和六年一月十九日とある。想い出をそのままの想い出、鮮烈な想い出とするために、その原文に加筆しないで、彼女の正確な最期を思い出したい。

今日で三七日《みなぬか》、よく晴れた三七日、梨花が病臥している時を思わせるような冷たい日だ。寂しい三七日。

お前が最後に畑へ出ていた日は、十二月二十四日の午後であった。午前中寒く曇って畑土が凍みていた。それでも私はイチゴの根が凍みるのを恐れて、一生けんめい北側からさくを切り返していた。お前はよく眠っていた。和《かず》が風邪引きなので、二人で小屋の中に寝ていたと思う。午後からうっすり晴れて、夕方にはそこら一面夕焼で、きらきらするように赤くなった。高い松の梢を透す残照がイチゴ畑を染めていた。お前は和におんぶして畑へ出て来た。望と洪とがとり残した枯草をむしって畑の間へ火を焚く。その青い煙がすぐ燃えつきて消える。またむしって来て焚く。煙が消える。それをじっと白い顔して見ていた。帽子もかむらずに、柔かい髪毛を夕風に吹かれて、しずかな瞳をそこに向けていた。雲が東へ流れてゆく。からすが西へ群をなして飛んでゆく。望と洪の笑い声が火の燃えるたびに起きる。山の上はなごやかに静かであった。と、お前はむずかり出した。和が霜どけ道をゆすって歩いてだましても思うようにならぬようで、とうとう私はお前を負うた。急におとなしくなって、私がゆるやかに鍬を使うと、黙って背中で揺られていた。

その夜はしずかに寝た。が夜半に幾度か泣いた。お前が眠り半ばに泣いたりおびえたりすることは今までほとんどまれであった。昼も夜もよく眠って、醒めては和か望の背中でいつもおとなしくしていた。四人子の末に生まれて、お前ほどおとなしく、お前ほど手がかからず、一番私から投げ捨てられていても泣き声立てずにものしずかに育った子はなかった。和はひ弱く柳のように、望は強くがっしりと、洪は早産のためか疳の強い肉体を持ってめいめいの生命を伸ばして来た中に、お前は月のように、泉のように、見た眼だけはやわらかな健やかさを続けて来た。梨花とは父親が名づけたよく似合う名前であった。お前のその静かさとやわらかい笑みとは、いつも生活苦のために苛立ちあれている私の心をなごませてくれた。お前を見る時のみ私の顔はしわみ、私の声はうるおうた。

「リーコ、リーコ、よしよし」ひびと土とにがさがさな私の手は、重いお前のからだをどんなに嬉しく支えたことか。そしてその支えられた手の上で、垢によごれた綿入れの中からふっくりした白い顔を出して、お前はどんなに可愛い微笑みを見せたことか。梨花よ、あの顔が見える。もしもその笑いが早くお前の顔から消えていたならば、どんなに無頓着な私でも疾うに気づいたことだろうが、お前はいつも笑うていた。その笑顔が私の眼をくらましていたのだ。考えてみれば、十二月に入ってから梨花の顔色はずっと白く、頬からも赤味が失せて透きとおって来ていたように思う。四枚の前歯がやっと揃って哺乳のたびによく乳首をかんだ。からだ全体の調子が狂って、神経の端々まで鋭くなっていたのだろう。

二十五日の朝、緑色の便をした。今まで二日に一度明け方便をするくせのお前が、四五日この方腸を悪くしたらしく、おしめをかえるたび少しずつ下がっていた。雨にも濡れるし、北山おろしに大人でさえも身の縮む夕方でも、大ていは私が仕事の終わるまで畑に寒そうにしていた。濡れたおしめをかえもせずに地辺にすわらされるし、お前の小さいからだは冷えに冷えて、そして腸を痛めていたのだ。私が起きて朝飯の仕度ができるまで機嫌よく寝ているいつものお前が、この朝に限ってむずかった。私は薄暗い中で生まれてはじめて素肌の背中におんぶした。ご飯がたけて炉ばたに朝日がさす時、窮屈がって泣くお前をおろして、炉火であたためた着物を着せた。いつもより元気がなく、顔色が悪かった。でもおしめを洗う時、望におんぶして、私が二三度あやすとそのたびに笑った。然し声は立てなかった。午前中は和と部屋に寝ていた。私は父親とぶどう畑で寒肥をやるのに根元を掘っていた。

昼食後、お前はにがい顔して泣いてばかりいた。頭にも熱があるし、少しながら咳もして鼻水をたらしていた。私は午後からお前を抱いて寝た。息づかいがいつもより少し早かった、発汗はしないで熱がしんにこもっているものと思うて、いわゆる百姓の療法である大根のすり汁をうすめて頭につけていた。その夜は少し泣いた。

二十六日、依然として汗は出ない。明け方少し鼻の上に汗ばんできた。そしてパッパ、ンマンマを二三回いったり、あやすと微かながら笑顔を見せ、私が色紙をつかませるとくしゃくしゃ弄《いじく》ったりした。私の胸は晴れて明るかった。父親は喜んで飯をたいて、和と望がかわるがわる私の枕元へ食物を運んだ。ご飯もおいしかった。お前はうとうとまどろみ、醒めてはじっと私を見ていた。乳をやると大儀そうに飲む。あけ方までお前はぐっすり寝た。私も少しまどろんだ。

　二十七日。今日こそ汗ばむかと思えばやはり汗ばまぬ。たびたびおしめを汚して私はいちいちお前の便の色を見て胸を重くした。父親は焼塩をつくってお前の腹にあてた。息づかいが段々悪くなって来たので湿布をしはじめた。その時だけ少し楽になったようだ。夕方落ちついていく分安らかになった。その夜川中子の四郎さん達が来たので、やむなく父は一しょに出て行った。九時半頃まで安らかに眠っていたお前が、また呼吸が苦しくなり出した。咽喉で微かにぜいぜいがきこえるようになって、頻りに唇を尖らした。枕元のうす暗いランプの光りを額にうけたお前の眉から眼にかけて、何ともいえないかげが現われて、私は不吉な予感におそわれた。唯お前をじっと抱きしめ、六神丸をのませて濡れ手拭いで頭を冷やしていた。夜半近く帰って来た混沌は、お前の悪いのに驚いた。沢のあたりから薄い氷の破片をみつけて来て、古い氷のうにつめて小さい額の上にのせた。まるでいきのさがった魚に冷たいものをあてて生気を呼び戻すような思いで――。

　お前は微かにうなった。頭にしみるんだなと父はいった。呼吸が少し静かになった。「医者を呼ぶか」と混沌。梨花よ、許せ。私はおし黙っていた。医者にみせたい、みせたいのは精一ぱいだけれど、先立つものは金だ。この夜更け、この暗い不便な山の上に、この貧乏小屋に、大枚の金がなければ医者を呼ぶことは出来ないのだ。財布の底にいくらしかないかを知っている私は、黙って耐えるより外なかったのだ。せめて夜があける明日を待とう。それまでどうかして我が手で癒したい。充分に汗をとって、湿布をしてやったならならぬことはないと私は信じていた。またお前がかりそめにも死ぬとは思わなかった。私たちは一睡もせずにお前の顔を見守り、お前の呼吸を数えて胸を痛くしていた。命を刻むように自分の呼吸が苦しく、胸が痛く、額に冷たい汗がにじんだ。苦しい夜が明けた。

近所の人のいうように解熱に効くというみみずの煎じ汁ものませた。にんにくの汁もうすめて飲ませた。にがい顔してお前は飲んだ。小鼻がぴくぴく動く。呼吸がざっざっときこえる。氷のうの気付かぬ小さい穴から少しずつ水が洩れて、くびすじがぐっしょり濡れていた。お前は苦しそうにキリキリと小さく歯を噛んだ。寒かったのだ。どんなにか。濡れたのに気付いて乾いた着物をあてがい、和の毛糸の襟巻きをさせた。混沌は村で唯一人の老医者を迎えに行った。往診中で少し暇どるという。下のおばさんが来て、小さい子なのだから氷のうは無理だという。私はあわてて取り除いた。そしてお前のくびすじに腕を入れて胸に抱いた。お前の肩は冷え、手先まで冷たかった。無智というか無惨というか、悔んでもかえらない失態であった。冷やしすぎたのが悪かったか、冷えて凍えて病勢を募らせたか、あれ位の病気で死ぬものでないと私は思う。それのみを思う。恨むか、梨花！

　氷のうをとると間もなくお前は汗ばみだした。冷えていた手先からあたたまり、額から湯気立って拭いても拭いてもすぐ汗ばんだ。足からもじっくり汗が出て私の手までぬれて来た。息づかいは荒い。が私たちは喜んだ。お前のからだが温かくなったこと、汗の出るたびに悪い病熱が出てゆくようだ。嬉しかった。顔色も赤らんで来た。待ち焦れた医者が来た。すげなく絶望を告げられた。私は打ちのめされた。聴診器をあてる時、はだかのお前は土気色になって、かつてない形相になった。眼を開き、口からはのろを流してうめいた。混沌は手を伸ばして駄目かといった。私はひろげた胸にお前を抱きしめて、溢れるように涙が出た。梨花よ、和も洪も幾度か医者にかかったが、絶望を告げられたことはなかったのに、お前は何というはかない子だ。生まれて始めて医者にかかった時はもう死の宣告だ。私たちはしんけんに湿布をした。私はお前を抱いて顔色ばかりみつめていた。胃腸はぐずぐずになり、その小さな両肺はやけて背中まで痰がからまってしまったという。汽車の走る音に似た呼吸、唇は乾いて皮がむけて来た。絶えず口からのろを出した。私はそれをとってやった。火鉢をこしらえて湯気を立たせた。その日戸外は冷たい雪であった。お前は汗ばんで流れるようであった。こんなに汗ばむならたとえ医師に見放されても助からぬとも限らぬ。混沌も私もそう思った。このまごころがお前のからだに通じぬことがあるものか。どんなにしても癒してみせる。

乳も水も思うように飲めなかった。泣き声もしわがれていた。始終眼を閉じて、ぼったり汗をかいて、小鼻がはげしく動いていた。夜半が過ぎて午前三時頃、お前はぽっかり眼をあけた。そして私の声のする方を見た。私を見た。枕元のランプの方を見上げるようにした。便の色が少し赤茶けて来た。水薬も散薬もらくらくと飲んだ。水薬のびんを口に持ってゆくと、可愛い唇をとがらせて探るようにした。これはあるいは信じられぬ奇蹟が起こるかも知れない。いい。いい。息づかいさえ昨日よりはいくらか静かだ。医者のいうことなんぞ当てになるものか。手当てだ。まごころだ。持ち直すか知れない。不遜にも私はそう信じた。

夜が明けた三十日、昨日の雪が止んで朝日が輝かしかった。七時頃お前は唯一言、天井を向いてマンマアと力強くしわがれ声でいった。私は喜んでウマウマと何回も首を振ってお前をあやした。お前は決して笑顔を見せなかったが、それでも苦痛らしい顔ではなかった。あたたかい湿布をとり替えてやった。例の黄色い色紙を持たせると僅かに指先でそれをカサカサと握った。発汗は烈しかった。私は暑苦しい位であった。お前はぽっちりともせず、はっきりと眼をあけてそこここを見廻していた。その瞳は蒼かった。

十一時頃まで至極安らかであった。乳は昨日とちがってよく飲むし、苦しい程張り切っていた石のような私の乳房がやわらかになった。ぐいぐいと引き絞るようにお前は飲んだ。私はそれも嬉しかった。こんなに飲むんだもの、峠を越して助かるかも知れない。この子が、このお前が死ぬなんてそんなことがあるものか。私はまたお前の指をつかんだ。お前は私の指をつかんだ。柔らかい。しかし底冷たい感触。顔色はずっとあおく、眼が少し落ちくぼんでいた。正午頃下のおばさんが来て湿布を手伝うてくれ、持参してくれたさっぱりした単衣を火にあぶって、ぐっしょり濡れたお前の着物とかえた。お前は実に切なそうに声にならない声を絞って泣いた。替えないがよかったのか。替えながら私はそう思った。そうは思ったが折角の親切、そして少しでもせいせいさしてやりたい皆の誠意から替えたのだ。苦しかったろう、梨花。

お前の発汗は午前より少なくなった。私が一膳の昼飯をたべてしもう内、お前は眼を開いてじっとしていた。どうして眠らないか。もう十時間も目を開いたままなのが心配になった。子供たちを木小屋へ追いやって、お前の周囲を出来るだけ静かにした。早く安眠させたいと思った。父親は後片付けして、遠い沢へ水を汲みに行った。お前はそのあとで乳を飲んですぐ吐いた。口からまたしてものろが出た。私は不安になり出した。今まで天井の方や私の方ばかり見ていた眼が幾分伏せられて来た。混沌が一荷の水をになって帰って来て、どうしたと幾度も庭先から声をかけながら、汚れたお前のおしめを洗い出した。私は鉄棒をのんだような気持ちでお前をみつめた。リーコリーコ、二三回呼んでみたがお前は瞳を動かさなかった。咽喉の奥からコクッとつき上げるような息を吐き始めた。駄目か！　私は大声をあげた。駈け込んで来た彼はお前の右手をつかんだ。お前は父親の指をかすかに握った。お前のあの可愛い眼は幾分まぶたがこわばって来た。私はその眼を撫でて閉じてやった。そして和や望や洪を呼んだ。

　戸外は西陽が赤く、風が吹き募っていた。張りつぎした古障子に木の枝の黒いかげが烈しく揺れる。和は泣いて近寄らなかった。男の児たちは黙って見下ろしていた。混沌は水を急須に汲んで来た。私はそれをお前の口へしずかに一滴たらしこむと、こくりとのんだ。次に父が注いだがそれは口元から流れてしまった。すうっとまるで引潮のように、いつもお前が私の乳首をはなして眠る時のように永眠した。ごく静かであった。これが死というものか。これが、梨花お前の、否人間一人の最後というものか。あらしは過ぎてぴったりと静止したかたち、右手を私に左手を父親につかまって、お前は眠るように死んで行った。午後三時半。口を少しあけた昼間の月のような顔！

　もう正月はすぐそこ、どこの家でも神棚におふだをまつり、軒先に松飾りをつけている。混沌は人目を避けて、お前を土に葬るべく、そこここと此の世の煩わしい手続きをすましに駈け歩いた。どっと押し寄せてくる冷たい風。寒い寒い中を私はくたくたになったからだを起こして、お前のむくろを汗臭い寝床から乾いたふとんへ移した。もう夕日は沈みかけて薄暗くなって来た。子供たちは黙って炉に火をたいてあたっている。私はお前のゆく途を明るくするため、豆ランプをともした。水をあげた。刻々に冷たくなってゆく梨花。

風が強く吹く。誰も来ない。この日暮れ、お前を失うたこの山の小屋の悲しみにあふれた風景。夕月は冷たく光り、いつもの烏が群れて飛んでゆく。私は飯を炊きながら、お前の枕元にすわったりたったり、生きながらの亡者にも等しい私、泣きながらそこらを片付ける私、私の髪は幾日もくしけずらず蓬々と乱れ、眼瞼で涙をささえている。リーコ、寸刻の間に変わり果てたリーコ。空しい名を呼びつづけて私は胸一ぱいで泣いた。三人の子供はおそろしがって、暗いお前の枕元へは寄りつかぬ。それでも日暮れ、おしえもしないのに、和と望は前の小さな花畑に眼をすりつけて、一輪咲きはじめたパンジーの紫色をみつけて、小皿にのせてお前の枕元に手向けたよ。

飯がたけた頃、畑みちに乱れた足音がした。伯父さんと伯母さんがお前の柩にするための新しい小さい白木の箱と経かたびら、線香、ろうそく、菓子など、それに煮物の材料などを持って来てくれた。地底のようなこの家にさしたあたたかい人情の光り、それを私は眩しく受けた。お前の枕元に始めて香をたき、お菓子を供えた。混沌が息をきって帰って来た。平窪《ひらくぼ》の生家から当主の甥が自転車でとんで来た。従兄が来た。私と伯母さんは煮物をし、皆はお前を平窪のお寺に葬るべく相談が整うた。部落の人たちの幾人かが軒先まで悔みに来てくれたが、混沌はもうおしつまった迷惑を考えて、手伝いはうけずみうちだけですますように話していた。お前の葬いはまごころのみでありたいと思うことから、もちろん経済上のことも添うことは確かだが、お祭りさわぎはふさわしくないのだ。

高瀬さんが平から歩いて来た。私の希望でお前の死顔の小さい素描がほしかったのだ。火葬にして遺骨を寺へ頼んでおくつもりになったが、それよりは土葬にして平窪の墓地、お前は一度も行ったことのない父ちゃんの生家のそこへ、死んだお祖母さんの傍へ小さい骸を眠らせる方がいいという皆の意見、私はそれでいいと思った。

硬直したお前を裸にして、私は湯でよく拭きとってやった。汗と垢によごれた顔、手、足、あんなにやわらかだったこのからだは氷のように冷えて硬い。よく拭いて、洗いさらした肌襦袢、少し破けたメリンスの胴着、赤いネルでやせた腹を包み、洗濯しておいた花模様のナフトル染めの袷と、その上に一枚しかないメリンスの晴れ着を重ねて着せた。伯母さんが縫ってくれた五穀の袋をとき色のつけ紐に結んで下げ、和の赤い足袋を足首にくくりつけた可愛らしい仏さまになった。私は軽くなったお前をしっかり抱いて夢中で部室の中を一巡りした。先頃、心平さんにもらっていた雷ちゃんのあたたかそうな綿入れでくるみ、少しでも寒くないように、揺れないように、箱の中にはお前の古着を隅々まで敷いて重ねて、上下から風の入らぬようにした。白紙のかたびら、経文、杖、おもちゃがないから、供えたすみれの一輪と握った色紙を頭の方に置き、静かに寝かせてやった。上から私の長襦袢を小さい顔だけ出してすっぽりかぶせた。ああ可愛らしい美しい仏さま！

「梨花、さようなら。土にかえれよな」私は叫んだ。

「ああ、それでいい」混沌。

「梨花は百姓の子だぞ。いばって土になれよ」高瀬さん。

「あああ、何てわれ（汝）は可哀そうになあ」伯母さん。

そうしてお前は、隣りの春吉さんの手で永久に隔てられた。ローソク一本の光りの中で釘は打たれ、今は一個の荷物にも等しくそこに置かれた。日の変わる夜半を待った。しあわせにも月が明るくて、風もややしずまったが、刃物のような外気だ。道の両側のくぼみを残雪がとけずにふちどっている。お前のみちを照らすものはこんばんと書いた提灯一つだけ。混沌、伯父さん、従兄、甥、高瀬さん、そして春さんの背中に軽々と柩は負われた。お前の生まれた小屋、死ぬまで住んだ小屋、どこへも出ずどこへも泊まらず、この山の上で生まれ育ち病み死んだお前は、低い軒を離れていちご畑の細みちを、あまねき月光と黒い菊竹山の松風とに送られて、とぼとぼと平窪の菩提寺さして遠のいて行った。ちらちら揺れる提灯の灯のすっかり見えなくなるまで、私は戸口にたってお前に詫びつづけながら身を凍らせて見送った。

住職の僧侶が、寒さでふるえる簡略な読経の声と、墓地の凍土を掘るはね返る鍬の音とが、宙を伝うて心の耳にはっきりと響きかえったよ。

一雨浴びた今日の梨の花々はいきいきと、盛り上がるように純白の花弁を開いて、何か物いいたげな風情だ。時の流れのままに悲しみは消えて行く。むしろあの時にああして死ねた梨花は、あるいはしあわせ者よ——と心のうるおいのうすれた私は、今佗しく花を眺める。そしてうすい白い乾いた梨花のおもかげを憶う。

（昭和五年冬のこと）

採炭指導夫の尾作新八は、よくこの山腹の開墾畑の赤ちゃけた坂道をしずかに歩いてのぼった。入植している男たちのあらかたが、開墾一筋の畑の収穫でくらすことは理想であっても、今は無理であった。親父か、息子か、娘か、家族の中の一人は一番手近な炭坑で働いて家族の食扶持を守る。何事も十年辛抱という言葉を疑わず信奉してゆく。

もともと企業が農村に根をおろすことは、表面微妙な相互扶助的活力を与えているようなものの、一方は低い賃金でやすやすと集まる労働力の確保によって利潤の増大にほくそ笑み、一方は身近な場所で同じ労働でも農業よりは数倍する現金の収入が身ぶるいする程魅力で、生活の小さな安心は企業のいぶきからか細く握れた。でも炭住にあぐらをかいた専業坑夫たちと一けたちがって、ここに住む彼等は勤勉ではあった。休み日とか、三交代する夏場の日永な持ち時間などには汗みずくになって、たとい借地であっても何となく未来の安住の夢を与えてくれる自分の畑を広げてゆく。播き付けも収穫も大方女房たちが先住者のやり方をまねて、どうやら貧しい腕節で保ちつづけていた。

尾作新八はここととは無関係な炭坑の夫頭長屋に住んでいるが、開墾畑に腰をすえた仲間の誰かを時折りたずねるらしい。菜っぱ服を着て、下駄ばきで、少し屈みかげんの影のうすい男だ。いくつ位だろうか。さして老いてもいないのに髪の毛が赤ちゃけて、禿頭病をわずらったあとのようにふらふらして、老人くさく地が透けてみえる。顔色は鼠色に沈んで、眉の毛もうすく抜け上がっていた。ちょっと見には気味悪い相貌だが、いつも畑にいる私たちに頭を下げて微笑してゆく。私たちもいつかこの人に何かひかれるものを感じて、顔を合わせた時は、一言二言親しい言葉を交すようになった。

春の初め頃か、思いがけなく尾作新八は私たちの小屋へ立ち寄った。半身を折りたたむようにして、今迄寄りたくても何か遠慮を感じて寄れなかったといいわけめく。小さな縁側へ音も立てずに腰をかけた。いつも吹きまくる冷たい三月風も珍しく凪いでいて、暖かな日ざしが一ぱいであった。町の公園の彼岸桜はつぼみがふくらんだという。

「ああァ」

ため息ともつかず、言葉にもならぬいきを吐き、日ざしに向かって合掌した奇異な姿に私たちは驚かされた。小屋の前の片隅の土には、猫の顔のようなおどけたパンジーとうす紅のひなびたデージーが、地面に這って小さいやさしい花を開きはじめていた。私はどの子かに乳をのませ、混沌は広い梨畑の棚ゆいのために荒れて裂けた指の節々へテープをからみつけて、舌でなめながらなじませていた。

「ほんとうは、わしもこういう仕事してみたかったね」

尾作新八はしずかに合掌をといて、下を向いたまま赤い頭をふるわせた。明るい光りが頭の地のふけを白っぽく少し不潔に浮かせていた。

山形県の寒村に生まれたが、生まれた土地にも食物は少なかった。口べらしに十五の時ひとりで南へ南へと羽を伸ばしてとび出した。太平洋側の雪のない常磐炭田は、その頃無限とさえ見える地下の宝庫を抱えて、炭坑ぶしが浮々とこだましていた。森山炭坑の雑役夫で暫く働いて、大正の末頃にここに移ったという。その五六年前坑内出水で、一時坑夫は離散したが、企業主の大資本が目ざましい復活を見せ、水は排出しつくされ、廃坑どころか竪坑以外に新しい斜坑が休みなく凄じい発破で村をゆすって、掘進をつづけていた。

「新斜坑なんぞ一日で四円とか五円とか、鼻息が荒くって新切り百姓なんどとても寄りつけねかったたな」

混沌はそんなことを覚えていたらしく、眼鏡の下の眼をしわめて笑った。だが、尾作新八は光りのない眼をあげた。

「それは——、そんで鼻ももらったし、一時くにの親父に送金もしたっけが——。あの頃のわしはほんとに元気だった」

こみ上げてくる咳をこらえているような、のど仏をびくびくさせた息づかいであった。私はこどもを背中にゆわいつけて、誰にでもするように番茶を沸かしてすすめた。茶碗を捧げるようにして、一口すすっては呼吸を整える。この人の肺はもうまっくろにやられているなと私はおどおどしく感じた。

「銭《ぜに》はとれても、からだはもうがたついている！」

尾作新八は少しむせてから、むなし気に笑った。

「わしはあんたのことはずっと前、名前だけはきいていた。何だか一ぺんはたずねてみてえと思ったね」

思いつめた顔で、雪のような微笑をした。今度は混沌がうつむいた。いつとはなく私たちのがらんどうの小屋には、近隣の炭坑からも若い労働者たちがいろんな思いを抱えて、今迄何人となくたずねてくれている。

「もと俺に塚田という友だちがいた。此奴もあんたを知っていたよ。若《わけ》えがあたまのいい根性骨の強い奴で、撰炭場のクラッシャー係りの男だが、いつも場の隅の鉄枠の底に噛み合わされている十馬力のギヤの前で、炭車《トロ》からベルトコンベヤに流れてくる大塊炭をかみ砕かせているピストンみてえな男だった。奴はいつも坑山《やま》でしくまれた自治会という組織に腹を立てていたね。坑夫たちの共同地盤の機関だと思ったら大まちげえだといった。幹部は木偶《でく》だとわめいた。たしか山神祭の時に酒の勢いもあったが、今までどんな場合でも坑夫側の主張を切り崩す阿呆は、坑夫側からせり出した幹部面したちょまかしの極道どもだと、胸がすうっとするほど誰はばからずに叫んだな。すぐ半殺しにぶんなぐられてくびになった。が、奴のいうことはほんとうなんだと思った。いや骨のある奴らはみんな惜しんだね。だがあいつを使ってくれる炭坑はもう常磐のどこにもねえ。黙って消えてゆきやがった。生きているか死んでいるか何の便りもねえ。わしはひと頃塚田の一味だといいふらされたがね。腹の中では不平だらけでも、外目にはおずおずしていて一口も物の言えねえ意気地なしだ。三人のがきがある。くらしのこわれんのが何ともつれえ。目えつぶって息を殺していたら、忽ちポンプ座さ廻されたね」

「ポンプ座！」

「坑内はどこだってじめじめと水がしみ出している。切羽《きりは》の天羽《てんば》からたれおちてくる場所もある。困りもんだね。現場から車道の側溝を伝ってポンプで吸みあげられる坑内《しき》の汚水が、バック（水槽）から上のバックへ次々に吸い上げられて坑外さ吐き出される。ガス臭えじめじめした空気を吸って、交代まではたった一人さ。大切な仕事にゃちげえねえが、たまにゃあぼんやりとする。まず昔の島流しかな」

尾作新八は歪んだひねくれた微笑をした。私は再び熱い茶を注いでやった。

「わしは自分のからだが段々水ぶくれになるような気がしたが、ひとからは痩せたなときまって哀れまれたね。やっと引きずり上げられたのは二年後だが、仕事のえり好みは出来ねえ、再び採炭場さおろされた。今は年功でどうやら指導夫という名目のもぐらもちだ」

「内部《なか》の熱さはどうなんだ」

「場所によっちゃな。まっぱだかで、塩をなめてがぶがぶ水を飲んでる場所もある」

尾作新八は又苦しそうに口元をおさえて暫く息をこらした。おさまると死ぬ人のさいごの凝り固まったような視線を空に向けていたが、

「いもと菜っぱをくってたって、明るい土の上で生きられるっちうは人間にとってしやあせだね。山形の生まれた山を夢に見っこともあんが、そいつがいつか一本の木もねえズリ山に変わってんだ。はっはっ」

パンジーとデージーの一株ずつを新聞紙に包んで、混沌はやせきれた男の手にもたせた。尾作新八はうれしそうにそれを抱えてから、ポケットを探って一枚の五銭白銅をつかみ出して、地辺で土いじりしている男の児にくれた。

私たちにも手遅れな畑の仕事が待っている。彼と話したのはその時一度、そしてその姿をこの原で見たのもそれきりであった。

昼も夜も三百馬力の捲立の車輪が、きりきり舞いしてきしめいている竪坑櫓は炭坑の象徴であった。吼える轟音が誇らしく、坑夫たちに不思議な精気を注ぎ込む。機械化された操作はきびきびしく能率本位。坑道掘進には新式のロックドリル、ハンマー、タガネに代わる小気味よいコールカッター、カンテラに代わる小粋《いき》なキャップライト。旧態の鍬と鎌と肥桶との私たちの頬かむり農作業とは比較にならぬ。雲泥の相異である。動物蛋白は炭住者の食卓へ、大根と菜っぱは村落の鍋の中へ、村の生活様式は外目には二つに分かれたように見える。

地上は陰うつな梅雨が降りつづいていた。三千尺の竪坑を下った坑底は地下鉄駅の広い構内同然、整然とした各部の事務所、人車炭車のたまり場。転轍、昇降。作業員の集合、交代に捲立のうなりが入り乱れる。いわゆる坑内の心臓と胃袋とでもある。天羽も支柱も側壁も部厚く固められている。微塵も不安感のないがっしりとした広場だ。櫓下の坑底からは、時折り天空に鏡のような小さい四角な青空が仰がれることがある。

一段下った幅広い水平《レベル》坑道は、炭車捲き上げの軋みが一ぱいに呻りかえしている。ここから一坑道《おろし》、二坑道《おろし》、三坑道《おろし》、南坑道《おろし》といったように各々の地底へ向かって枝々に分かれ、東西南北、高低斜方、どこまでも小枝の先端が専門技師の測定に従って炭層を探って掘り進む。ドリルの響き、ハッパの音も炭車の捲きのきしりも、深く伸び広がってゆくめいめいの採掘現場へ散り広がってゆくにつれ、坑内《しき》全体が何ともいえない一つの地鳴りのようなものになってしまう。

尾作新八を指導夫とした十二人ばかりが第三おろしをちょうど主枝が枝分かれしながらも一すじに伸びるように、まもなく下層の現場に降りたった。コンクリートで固められたり、太い松の支柱で天羽《てんば》まで組まれた車道を下る間は割合のんびりだが、現場近くの仮詰所に弁当や上着をおき、ここだけが許されている煙草を一服してから、黒い切羽《きりは》におりたつと、坑夫たちはしっかりした筋金がからだを締めてゆく感じがする。ここは地下何千尺か、坑内でも深部を這っている方向と思う。炭層は意外に厚く良質で、ほぼ六尺の高さでカッターが切り崩してゆく。連日の採掘で切羽は黒くきらきらのびてゆくばかりだ。崩れた石炭はおろされている空車に積み込まれる。乗り廻しの手で何台か連結されて坑道を引き上げられてゆく。別の空車がおりてくる。カッターがうなる。炭壁《どべら》が崩れる。空車に積み込む。捲き上げられる。炭塵がいつもうすい煙りのようにもやもやと電燈をくもらせている。広い採炭場にはむかしとちがって、保証炭柱という落盤防止のための太い炭柱がところどころに掘り残される。尾作新八の切羽もその方針をとって掘進していた。

　ちょうど昼食であった。みんな詰所へはいって弁当をひらいた。どこの詰所にも坑外からの通風管と排気管が細々ながら装置されていて、切羽のにごった空気とはちがうなまぬるいが小さな爽かさがあった。そこでだけは火気厳禁の煙草も吸われたし、窮屈でも横になって軽い昼寝も出来る。尾作新八はあまり口数はきかないし、せかせかと吐く息づかいが不気味で、坑夫の中には、そっと探るような眼を向けながら、切羽へ出てひっくり返る者もいた。

　どこか空気のいいところでせめて半年でもいい。ゆっくりと静養でもしたらと思う望みは、四人の子持ちの彼にはぜいたくな夢であったか。一本のロープがささくれ立つまで使い果たされて、坑外へ持ち出されて赤さびて腐れるまで、それと同じに健康なからだが体力の全部を絞りとられて凋《しぼ》んでのめるまで、能率統計の指針の動きは苛酷に正確でゆるみがない。使えるだけ使う。錆びたロープをも一度焼き直したような尾作新八は、湿度の高いポンプ座からつかみ出されて、炭塵の湧く採炭場へおろされた。労働者の口はえてして外から閉ざされている。企業の目からは人間一匹、炭塊の一つの価値しかない。気は張っているから仕事につけばたじろがないが、肺臓のひだひだは炭塵で塗りつぶされている不安を自分で知っていて、からだが始終慄えた。

　ねずみが四五匹坑道の方へ走って行ったと切羽で寝ていたやつが叫んだ。

「弁当でも盗む気で来やがったんか」

「おちこぼれがあればどこだってかまあけえ。奴等のくらしはいつも暗闇でねえかよ」

　一人が急に笑い出した。

「会社からみたら俺等もねずみだなあ。穴ん中でやっぱり落ちこぼれ拾ってる」

　だがこれには誰も笑わなかった。

　詰所を出て、再び黒い切羽におりた。空車がたたまるように空所を埋めている。カッターがうなり出した。黒い陰影を持つ炭柱の不気味な形が天羽を背負っている。神話の中にある天空を負うて踏ん張る大男の足のような。そのさきにゴルゴンの頭の蛇はうねっていなかったか。いた！

　専門技師が推進ボーリングで綿密に坑内の腹中は隅々まで探りを入れて地質の水脈をしらべつくしている。一度水浸しになった坑山だけに、水についての留意模索はぬかりがない筈だった。然し学理と科学と推測と実存とをこねまぜた尖鋭の目も、ゴルゴンの居場所へのみちを知る魔女の一つの目玉には遥かに及びがたかったのだ。どこかで断層爆発があったか、ダイの音が大きく響いてゆれるような感じがした。途端、炭柱の奥の側壁が妙な音して黒い目があいた。鈍い電燈の光りで目の奥が何かちらっと盛り上がったと見る間に口があいた。瞬間である。

息もつけないガスのこもった臭気がむらむらと切羽を埋め出したと見るまに、濁水が迸り出した。群がっていた空車がゆらゆら浮いて動き出した。皆言葉にならない叫びだけで、くびの手拭いで口を覆い、凄じい勢いでおしこんで満ちてくる重い泥水に膝から股へと浸されてゆく。苦しい呼吸とおいかぶさってくる臭い水量の指がぞっとからまりつく。空車や機械や道具や、その間を這いずりながら足探りに軌道の敷いてある坑道まではい上がる。はなしにきいたぼすぬけとはこれか。むかしは松の支柱で天羽を支えるだけで、あるだけの炭壁はすっかり掘りつくしてしもう。二三尺の炭層でも惜しがって掘りとった。採掘が終わればそのまま捨てられた空洞は長い間のうちに涌水やしみ出す水でいつか一杯に満たされてしまう。またその湿気でぐるり一帯の断層もぼろぼろに崩れ出し、腐った支柱やいろいろが半ば泥土と化してまざりあい、じりじりと厚くもない断層を犯して近い空洞とつなぎあっていわゆる大きな古洞のふちと変わり、地底のどこかで眠っていることがある。はしなくも推進ボーリングの目から逃れていたこのゴルゴンが、尾作新八の切羽の近くで目醒めたのだ。

地下の水脈とはまたちがう。もろい大口はみるまに広がって迸る勢いは低くとも、切羽に満ちれば大蛇のようにのたうって一本坑道をのし上がってくることは必至である。粘りと悪臭のむせるようなこの泥水に足を引きずられたら起き上がれない。彼等はさきを争った。尾作新八が恐らく詰所からであろう、非常ベルを押しならす音が坑道をのし上がってくる水勢の反響の中にもきり裂くように耳にきこえた。非常サイレンががむしゃにかき立てるように鳴り渡り、厖大な末端の切羽から坑夫たちを引き上げはじめたのだろう。坑内の捲上機は全機がうなりはじめた。

三おろしから枝分かれしている低い坑道も、何れは汚水が充満するだろうが、今は水のはけ口はここ一本しかない。水量ははかり知れぬが、膝上の高さで押しあげてくる坑道内は足より早く水勢が先走るものだ。のめったらそれきりだ。側壁の支柱につかまりながらやや左折した。水量は少し低くなったが水勢のうなりは凄い。空所の捲きには人影はなかった。破裂しそうな心臓を抱えて辿りついた坑内捲場に、救援の空車が何人かの仲間をのせてベルを鳴らしつづけて待っていた。彼等はしがみついて水びたしの重いからだをのめり込ませた。追いかけるように飛沫が浴せかかってくる。捲きの威力は竜神に思えた。第三坑道の入口で黒山の朋輩の手で一人一人が空車から泥塗れで引き下ろされた。彼等は土気色でふるえていた。ここはもうあの追いかけてくる水蛇の叫びはどこへやら、あわただしいが見馴れた水平《レベル》坑道の常の風景でしかない。

はじめて気がついた。指導夫尾作新八の姿がない。出水の際非常ベルを鳴らしつづけたのは確かに彼であった。その時は誰もそれを耳にした。だがその後のことはみんな自分が生きるねがいだけで何もかも忘れた。海坊主のようなお互いの黒い姿を追うことだけで一ぱいだった。

「俺が車道をのぼる時も、詰所でベルがなっていたっけ――」一人が思い出した。尾作新八は最後に詰所を出て濁水の中をのぼり出したものとみえる。何ともいえぬ恐怖か、悔恨か、人だかりの中で彼等の目玉は凍りついてしまった。一台の人車に血気の五人が乗って逆に捲き下ろされて行った。五分間すれすれに捲き上げ合図の鋭いベルが深い坑道からはね返って来た。上げられた人車には無論尾作の姿はない。水勢はかなりという。彼等の顔には水しぶきのあとが見えた。

課長も係長も現場員も一決して、三おろしの中にダムとりつけの即行を命じた。今度の出水はきっとこの坑道でくいとめられるという技師たちの確信も手伝った。万一を考えて前の出水の轍を踏まぬために、水ばかりではない、ガス爆発の閉鎖のためにも資材の用意は充分に備えてあった。尺余の厚い鉄扉を坑道にくいこませコンクリートで塗り固める閉塞ダムである。ロックドリルの偉力は固い坑道の岩壁をみるみる縦横にえぐり貫き、鉄扉をばんとおさめる。ミキサーが狂気のような悲鳴をあげて鉄扉を埋めつくすばかりに隙間なく溶液を流してぬり固めてゆく。磐石の構えであった。
尾作新八がさいごまで非常ベルをおしつづけたその職責の勇気を会社は買って、×千円の弔慰金を出した。かつてないやまの犠牲者に対しての最高価格である。ある者はへそ勘定して羨ましがった。だがいい時に死んだもんだとねたましがる不埒者もいた。

私たちは時折り畑にすわって休んでいる時など、何か軽い地底の震動の錯覚を感じることがある。石炭だけを掘り抜かれた網の目のように空洞になっているここの地底は、いつかどすんと地割れして落ちこみはしまいかというおかしな不安を考えこみながら、黙って赤松の見馴れた山を見る。そんな時、ふっと、死に生きて這いずり上がってダムのかげに一足遅かった両手をしがみつかせた、尾作新八の絶望した幻の姿を描き出す。口惜しかったろうな尾作新八、悲しかったろうな尾作新八！ ばかな、いつとなく地下水も沈んでそのあとに、泥塗れの細がれた彼の骨が一むれおしつぶされていることを考えねばならない。
あの春のあたたかい太陽に向かって合掌した赤い毛のふらふらの頭の骨は、まだまるいだろうか。

（昭和六年夏のこと）

赭い畑

　さわがしい風の吹く折りは小屋の戸が歪んだ立て付けの悪さに、いつも煩さくがたがたと音のするのにはもう馴れている。が、ふとその中に確かにまじる押し殺した含み声の低い訪いに、私は耳を引き立てた。秋も終りの、一雨来そうな変に生あたたかい夜なのに、珍しく風が吹く。それまで土間でないていた虫の声がぱったり止んだ。暗い山腹の小屋を今頃、訪う者は何だろう。子供たちは皆頭をよせ合ってぐっすり眠っている。時計のない私たちには夜の時間の確定はむずかしいのだが、十時は疾うに過ぎていると思う。

　五分芯のランプを机にすえて、部屋の土壁に影法師を浮かしたきり身じろぎもせぬ混沌に代わって、私は土間に降りて板戸を少しあけた。秋も終りに近い強い風が、星一つ見えない垂れこめた低い野面をかきわけて足どり騒がしくつっ走ってゆく。黒い人影がするりと素早く土間にすり込んで自ら後手に板戸を閉めてぬっと目の前にたった。無帽でオーバーを着た若いような男の輪郭だけど、角張った重そうな包みを土間においたのだけがランプの鈍い余光で見分けられた。

私は無言のまま入れ代わった。机の上には、上野果樹組合に対しての村農業会からの資材照合の通達、郡連合組合からの内容報告、何軒かの委託問屋先からの支払明細書や、肥料問屋、薬種問屋の残額請求書などがごたごたと、大学ノートに記入した原簿と一つにひろげられて、組合員めいめいの精算書のつづりがその上に重なり、何もかも月末までには結着しなければならぬ。出荷が終わって金を握るまでは動くが、収穫が終わればみんな自分の仕事の方にもぐりこんでしまう人たちの分担すべき事後の雑務を、来年の組合維持のために彼は黙々と始末をつけている。彼にとっては極めて不得手なその経理の気苦労を知って、私は覚束なくも手を貸すのだが、今年は五番目の子を生んで漸く二十日を過ぎたばかり。たたまれている日頃の疲労と、ろくな栄養もとらぬ毎日とで、夜寒がまだ手足にしみ、狭い壁際に押しつけて敷いた窮屈な寝床に、嬰児の眠りをさまさぬようにこっそりもぐりこんだ。

土間で話す二人の話し声は極めて低いが訪い人は初対面の人らしい。細々ときこえて来た。

「二日間です。その間これをあずかっていただきたいんですが——。あさっての晩必ずうかがいます」

低いが妙に腹にこたえる声なのは相手が必死だからにちがいない。

「お気の毒だがなあ」

混沌の声が珍しく強くひびいた。

「見られる通りの小屋だ。安全と思われたら間違いですよ。このまま持ち帰って下さい」

凄く素気ない。はっとして私は頭だけもたげた。

「お願い出来ませんか。どうしても二日だけ。私はいい加減なことでここをお訪ねしたのではありません」

「自分もいい加減なことでおことわりしてるんでない」

「私たち（相手は複数でいった）はあなたを信じた上でのお頼みなんですが、ご迷惑ですか」

「当惑するだけです。いまはな。済みません」

相手の荒々しい声は切り込むように迫って来た。

「あなたはいまをどうお考えになっておられるんですか」

暫く返事がとだえた。

「どうといって、目に見えるだけ、土の上で働いてからだでいろいろ感じているだけ」

「その感じていることについては、すべてをお知りの筈です」

鋭い語気だが、返事は極めてぬらりとしている。

「はっきりいって助力なしに一人で動いているともいえるかな。始めることが終りとなっている。同時にその終りがまた次の始めることにつづく」

「――」

「自分たちはそれから抜けるわけはない。生まれ変わることもない。人々の現実はそのことを私に教えてくれ助力したりしているから、苦痛な中でも極めて平易に話は出来る。険しく見えていてそうではなく、手をさしのべていることの地道なよろこびが、なぜか目の前の山を見るように豊かでね」

「あなたはやっぱり詩人なんだ」

男の声にはありありと失望の響きがこもっていた。

「百姓ですよ。私は土くれだけしか信じていない。毎日を支える小さな努力が、少しずつ身近の生活にしみ通ってゆく。中々やって来ない大雨を待ってるよりも、一桶ずつ水を運んで枯れそうな根株を一本一本しめらせてゆくそんなうすのろなことの方が自分に出来る仕事と思えるし、うれしいですね」

相手は暫く黙していたが、

「失礼しました」といって、風の吹く戸外へ出て行った。板戸のしまる音がした。りりっりりっとまた土間の隅から一律の安定した虫の声が続きはじめた。

「少し薄情でなかったの！」

机の前に元の姿勢にかえった彼に、私は小さくいった。

「人間ちゃ泣きながら歩いているうちに、ほんとの自分をみつけてくるもんだよ」

私は背を向けて土壁に頭をつけた。小さいひび割れの隙間からか、忍び寄る細い風が額に冷たい。


翌日は風が雨雲を吹き飛ばしたか、いかにも晩秋らしいしんの冷たい晴天になった。日曜日なので、長女のタズが朝食のすべてをやり、まめまめしく小さい弟の世話をする。きらきらする朝日がうす汚ない部屋に勿体ない金色の光りを一ぱい溢れさしてくれる。私ははっきりとして気持ちよく起きてもんぺをはき、いつもなら十二月にならなければはかない古足袋を出して、少し遠慮勝ちにはいた。子供たちはまだ足袋をはかない。可哀そうな冷たく縮かんだ赤い足をしている。

梨の出荷が終わるまでは栓をしておくと冗談半分に私はいいながらも、臨月腹の重みをこらえて出荷を終え、あらかた残果の整理をした三日目、あつらえたように四男を生んだ。陸稲の刈取り、小麦の播種、晩生種の慈梨《ツーリー》の収穫。混沌は近所の人たちの好意の手伝いを受けたり、手間賃を払って僅かの人手を借りたりしてどうやら切り抜けてくれた。七十近い私の老母が来てくれて、すべてに不足なせまい小屋の中で半月もこまめに立ち廻ってくれたので、私はそれまで水に手を入れずに済んだ。十三、十、八つ、四つ、そして赤ん坊。どこにどんなふうに寝起きしたか、今からはもう思い出せない。

障子の破れが目につく。膝の痛んだズボンが気になる。袖口のもぎれかかったシャツのよごれが見苦しい。垢やはな汁で光った子供たちの上っ張りがぱさぱさと秋風にあおられて目の前をうろうろしている。寝衣のぼろがとぐろを巻いている。敷蒲団が破れて固く冷たい。まだ整理しきれない慈梨が古箱につめられて土間の半分を占めて積み重ねてある。陸稲は稲架代りの梨棚の柵にかぎの手に架けられ、ところどころ杭で支えられているが、もう藁も軽い穂粒も白くさらけてさわればこぼれ落ちそうだ。大豆は束ねたのを何把かずつよせたボッチのまま畑の中に点々と置かれて茶色が薄黒く見える。大方外側の莢は陽にはぜて、白い豆が地面にとび散らかっているだろう。まだ掘り残されていて何回も霜にあたったさつまは真黒い茎だけがさび針金のように畝間を這いまわっているし、里芋は太い茎が黄黒く凍みてゆでたように水々しくぐにゃりと垂れ伸びている。

大根の土寄せも、さんど豆の霜除けも吹きさらしのままだ。鶏糞で播いた麦だけは乱雑な土の扱い方だが、ぞっくりといきのいい芽を揃えているのだけが頼もしい。どこを向いても二十日以上私が抜いた手の遅れがはっきりとして苛立ってくる。然し今はもう私のからだは軽くなり日毎に健康を取り戻しているのだ。

梨は二十箱を越す贈答用の注文を受けている。これを荷造りして発送すれば大方はきまるだろう。陸稲は古い小さな足踏み脱穀機で混沌ががらがらやるだろうし、私はそれをふるってあおって精米屋に運べば、たとい短い期間であっても手作りの新米の味を子供たちと腹一ぱい食える。大豆は庭さきのむしろの上で竹棒で拍子をとって叩いて落とそう。畑にこぼれた豆粒は子供たちが山鳩と競争して拾い集めるだろう。少し土のまじったそれをきれいに洗って柔かく煮て、赤砂糖の味をうっすらとにじませめいめいの小皿に分けて膳の上に並べたら、洟をすすり、唾をのみこみ、皆の目は星のように光るだろう。小作料、経営諸雑費の完済、時借りした店屋への勘定をすませばはっきりと底のわかる残額であっても、なぜこんなに明るいのか、私は自分でもおかしいほど浮き立つ気分だ。つまりはからだが物をいうのだ。健康で日頃の強気で気張れば、遅れなど忽ち片っぱしから取り戻せる。私が晴々しいのは家族の誰をも明るくする。母が持つ力に頼れる安心は、子供たちをあたたかい日向でたわむれる犬ころ同然の愛らしい姿に変える。

私は雑然とした机の上の仕事を快く引き受けた。そろばんを持てば計算は捗るだろう。

混沌は笑って、

「んだら今日は芋を掘っちまあべ」

さっかけ屋根の納屋から万能をかつぎ出し、鎌を持ち、タズがリヤカーに空かごをのせて畑間のみちをついて行く。上の二人も追いかける。四つの子だけが兄のつくった紙飛行機をいじったり飛ばしたり、しかも叱られないように注意深い取り扱い方だ。風も凪いであたたかいせいか赤児もよく眠っている。麓へ下りる通路を隔てて、長十郎種と早生赤種とを混植した四反近い梨畑の端の三角畑が、里芋やさつまの畑になっている。父親が一株ずつ掘り起こすたびに、使いならした万能の四本の刃先がここからでもきらりと鋭く光って見える。子供たちがしゃがんで盛んに腕を動かしているのは、親芋からにょきにょきと分かれてのび出した子芋の間へ、じっくり食い込んだ粘土質の重い土を振り落としているのだろう。フットボールのように空に投げ上げて落としたりする。高い笑い声が空にまで一ぱいに響く。そんな平和な風景が二三時間は続いたろう。もう正午も近いと思って、私は一くぎりつけて、いろりに汁鍋をかけた。

大人が何人か重なり合ってこっちへ歩いてくる。芋畑の方には三人の子供だけが放心したように突っ立っている。はじめ誰か友達でも訪ねて来たのかと思った私も、近づく群、いや彼に続く三人の男たちにつきまとう不吉な予感で背筋が寒くなった。村の駐在巡査と、私服でこそあれそれは招きたくない客筋である。混沌は重い足どりで小さい縁側へ三人にどうぞという手振りを示した。巡査は東はじに、特高の二人は悠然と真中に腰を下ろした。恰幅のいい坊主刈りの一人は去年もやって来た中の一人と覚えている。小屋一ぱい掻き散らかしてパンフレットや何かを一まとめにした中に、面白そうに読み耽りながら、こりゃ参考になると私の日記帳をもさらって行った。あの顔だ。

俄かのざわめきに、敏感な嬰児は目をさまして高く泣き出した。私は抱き上げて、炉ばたにすわって乳を含ませた。

「何だ。ふるえているのかい。リーダーらしくもないじゃないか」

坊主刈りが含み笑いをした。

「なぜ私が同行しなければならないんですか」

「同行じゃない。私たちは君を連行するためだ」

「私は何もしていない。訳を話して下さい」

「命令でだよ」

一瞬、冷水の奔流するようなぞっとする間合いがあった。

「お願いです。一週間待って下さい」

「何だって！」

「家内が漸く起きたばかりなんです。あとは小さい子供たちばかりで、私がいなければ今はどうにも困ります。あと一週間位たてばしっかりするでしょう。それからなら自身でゆきます」

布袋頭のカーキ色のズボンをはいた眼の鋭いのが、からからと笑った。

「冗談じゃない。俺たちゃ借金取りじゃないんだぜ。では一週間後には間違いなくとはゆくまいさ。困る困らないは君自身で解決出来る問題じゃないかね。白が証明されれば明日にだって帰れる。あわてなさんな。一寸のばしは却って余計な疑惑を深めて、君にとって非常に不利になることは解るだろう」

戸袋のかげで姿は見えない彼の混乱した呼吸が電波のように私の腹にびりびり通じた。覚悟をきめて汚ない野良着を着かえようと土間に一歩踏み入れようとした気配を、二人の特高が起ち上がってとりおさえる構えですり寄ったのでそれと感じた。私はいざり出てまともに見た。手錠こそかけないが、無抵抗に身をすくめた腕を両方からはさみこんだ犯人逮捕のあの姿勢であった。みすぼらしい土だらけの野良着姿が寒々しく目を射た。

蒼穹と地面の間に、まっすぐな黒い雲柱を建て架けられたようにくらくらとあたりが薄暗くなった感じがした。私はぐっと腹に力を入れて、びっくりする程大声で叫んだ。

「おいらは大丈夫だよ」

私の顔は恐らく路傍にたつ石仏よりも奇怪にねじれて、ぶっ欠けていたか知れない。

「カミさんの方がしっかりしてるじゃないか」

坊主刈りが太い腕で押し出すようにして、巡査にちょっと片手をあげて合図してから大股に歩き出した。畑あいの道は狭く、結局混沌を中に前後した形で段々小さく坂道の方へ折れ曲って見えなくなった。鳶が大空から不意に舞い下りて、ねらったえものをくわえて飛び去るその一瞬に似ていた。

村の老巡査は特高の掛けていた場所へかけ直してから、どんな年月を重ねて来たか知らない定年近いいかにも村の巡査という茫とした顔で、野兎の糞みたいなぽろぽろした語り口で私に語りかけた。

「お産をしたばかりだというのにな。気の毒だよ」

「大丈夫です」

「なにじきに帰れるよ。いい人なんだ。決して危険思想なんぞばらまく人でねえ」

私は顔をあげた。貧相な小さいうすい耳が飾りのようについていて、皮膚だけが幾条も縦にたるんで細いあごに流れ、制服の垢づいた襟にひっついている。帽子をとった頭は半分禿げ上がって秋の陽をてらてらはね返している。苦労のかげがしみていた。

「私は随分長く村の世話になっているから、これと思う人は大てい見てるがね。ご亭主もその一人だ。教育も受けて、何百冊かしらない本を読んでいて、失礼だがそれでぼろ着てこんな藪っ原で貧乏暮しの開墾百姓をやりつづけていんだからな。まあ変り者というか、さしずめ時代から見た異端児というやつかな」

うまい適語が悦に入ったらしい。

「私はぬすっとをつかまえるんなら張り切るが、特高のやることはどうもわけがわかんねえ。梨作りのリーダーなら解るが、主義のリーダーなんてこいつは的外れだよ。そういうことはそうした思想を持つ奴らが専門に団結してやってることで、ここには関係のねえこった」

私は軽くうなずいた。

「それはいろんな人も訪ねてくべえが、それでぐらぐらする人でねえ。私はそうにらんでいるよ。だから今日ここさ来るのは気が重かったな。でもそれがその命令だっぺ。首を切られれば私だって飯が食えねえちうだんどりになる。つれえもんさ」

一枚欠けた前歯を出して笑う。お茶も出せないので慈梨を盆に盛って庖丁を添えてすすめた。老巡査は珍しそうに一つをむいて、いくつかに切目を入れて一切れを頬張った。

「うん、こりゃうめえ。ツーリーというの、ほんものの梨作りのつくった味だよ。全くうめえ」

みるまに一つを平げて手の甲で口を拭った。

「あのいつか引っぱられた女の先生、知ってるな」

「はい」

「あれはいい先生だった。頭脳《あたま》はいいし熱心で、人柄も立派だった。あの女《ひと》が教師の職にいて中央公論を読んでいるということだけであげられたんだが、私は読んだことはないが、中央公論て誰でも自由に読まれる雑誌だべ。秘密文書じゃねえやなあ」

私はうっかりとは言葉を吐かずに、真面目にはじめて聞くふりをしたが、この女教師は私たちの友人でもあり、ある夜などは子供を全部混沌に押しつけて私を誘い、夜道を往復二里、町まで歩いて「西部戦線異状なし」を見て来たり、教育について平易に書かれたソビエトの本をそっと貸してくれたりする仲で、今は東京でしずかに働いているらしい。聡明なその人を知っていても私は固く口を閉じていた。誘いの穴はどこに掘られるか知れない。

父親がひかれて行った同じ道を逆に、子供たちがリヤカーの上のかごに土を落とした里芋のかたまりを口切り入れて、タズが梶棒を握り、弟二人が後押しして小屋の前まで引き上げて来た。彼等はうっすら汗をかいていた。縁側の巡査を見ると小さな畏怖を感じたか、揃って頭を下げた。老巡査はおだやかな顔でたち上がった。

「好《え》え子たちだ」

私は盆の梨を新聞紙できりっと包んで巡査にあげた。私の動転を少しでも支えようとしてくれたそのかび臭い素朴な親切心に報いる僅かの感謝のために——。

過疎地帯のありがたさは、この一幕が人目にふれなかったのが何よりも仕合せと、私は胸を撫でおろした。異常は子供なみに感じとったようだ。少なくもタズだけは目にみたあらしの底をおぼろ気ながらかぎ分けているはずだ。だが、私の顔色をみながらどの子も何もいわない。黙って昼飯をたべると、すぐ三人でおこしただけの全部を運んだ。納屋の中に古むしろを敷いて、三回に運んだそれは小山をつくったが、子供の仕事だけに粗雑にもげてねっとりと白い肌を出している子芋の数が多かった。私は凍みないように古俵をほごして何枚かで上から覆うた。

「おら、さつまおこしてくる」

長男は背負かごを負って駈け出した。八つもその後につづく。タズが一町下った沢から汲み上げた二つのバケツを重そうに真赤な両手にさげて、風呂桶に水を汲みたした。嬰児のためにたてかえしでも風呂だけは毎晩かかせなかった。傾いた西陽をうけて、さっきまで父親の使っていた万能を力一ぱい振り下ろしている男の子たちの小さい姿が、赤いおもちゃのように見える。目の前に広い赭土の畑が沙漠を見るように無言で続いている。百姓の子供が二人、その遠いはしで楽しそうに今夜の飯にたきこむさつまを掘っているのだ。とりかこむ赤松の幹々の色が冴えて、高原は燃えているようだ。

タズのたきつけた風呂の火口にしゃがんで、慎重な四つの子が柴をくべ足しながら、火搔棒を握ってじっと炎を見守っている。浅黄色の煙りがうすく畑へ流れてゆく。不意にぽっかり穴のあいたこの家に、こんな私を一本の柱にして、それとなく子供たちは全力を出し合って支え守ろうとしているその強さを、がっきりと受けとめねばならぬ勇気を、私は自分の胸から手足から探さねばならなかった。でもふつふつとした心の中で、私はここでというひらめきを感じた。自分たちの生きる場所はここより外にない。世界中の空間にここより外はない。決して間違いない道だ。それははがねをきたえるように強く熱い思いだけれど、気がつけばその上を、どこからくるか知れないが、ほてりをさます爽やかな風に似たものが吹いて流れていた。

（昭和十年秋のこと）

公定価格

東に向いた梨番小屋の中にむしろを敷いて、すわって、息子が畑からもぎ立てを大かごにつめて運んで来て、どさりとあけて積んでゆく。長い風雨にさらされて、紙質の正体ももろい一つ一つをむいて、輝く肌のずっしりと重いそれを、念入りに大小、不整形、虫くいなどに撰別して分類する。九月中旬の長十郎からまるふた月、私は同じ仕事を繰り返している。陽が西に傾いたので、十一月初旬の空は抜けるほど真青に鋭く冴えているだけ、風は夏から着つづけた破れた仕事着の肩にうすら寒かったと覚えている。

梨は最晩生の来陽慈梨《ライヤンツーリー》。花粉の交配のために鴨梨《ヤーリー》というのも数本交えた支那系の梨で、味は二十世紀梨と林檎とをミックスしたような芳香と甘味と歯ざわりを持つ独特の美味に魅せられた混沌が、十年、いやもっと前になるか、まだ試験栽培中だからという興津園芸試験場に、何回か懇望してようやく頒けられた何本かの穂木を虎の子のように抱え、古い品種の盛りの梨の樹を惜し気もなく根元から伐って丹念に接ぎ穂をした。人のやらない先例の裏側には、いつも無謀と阿呆がからみついて見えるのか、部落の同業者たちが、いたましいんでねえか、働き盛りの樹を伐るなんてと正面真顔に覗き込みながら、うしろを向いて赤い舌をぺろりと垂らして、勘定に合わぬその物好きさを軽蔑する。しかし接穂は密着し、二年目には若苗となり、その茶色と紫色ととけ合った艶々しい若木の穂先をきって、又古い成木を倒して割接ぎする。三年ばかりそれを繰り返して、現在七十本、約一反歩余りの支那梨畑が出来上がった。和梨とはちがうやや柔軟なさわさわと薄手な長目の葉をひるがえして、成熟は十一月、梨の季節に外れているのが少し不安を伴ったが、街の店頭から姿が消えて柿やみかんに代わる頃、見た眼にはでこぼこ尻太りの不倒円錐形だが、熟すと輝くような黄金色に、あばたのように紅褐色の斑点をまき散らした、何ともいえぬごつい野趣と気品と思いもよらぬ味が、必ず客を喜ばすだろうとは彼が最初からのもくろみであった。はじめ不安に渋った私も、年々それが解消されてゆく。どうしても和梨に近い剪定の方法が悪いためと思う。ゆるい隔年結果のきらいはあったが、とにかく曲りなりにも石城郡に一つしかない外来種の梨畑であったことは事実であった。

昭和も十八年、どこの店さきも暗くがら空きの時代になっていたし、人が飢えきっている甘味は、世相の風潮にかかわりない天然の恩恵でだけ育つ果物以外にほんとうのものは求められない。規定の供出と配給！　むろんぎりぎりとおさえられている公定価格である。その日暮しの小商人、飢えた直接需要者と、零細な生産者である私たちとは、いわゆる黙契のうちにその供出の残りを、夜分の闇を利用して少しずつ受け渡した。どちらも生命を保ちあう好意の寄り合いであった。そうしなければお互いがお互い生きてゆけない立場にあった。配給物以外闇をしないと最後まで頑張って、栄養失調で死んだという人のはなしなぞ、いくら鳴物入りで讃えあげても、大勢の耳は空しくつつ抜けたきり、ふり返りもしない。どんな思いをしても生きねばならぬ。残らねばならぬ。生きるためには人肉さえもくらいかねない。必死の日々の乏しい連続であったから。

男が三人山坂を登って来て、黙って小屋の前に突っ立った。労働者ともつかぬ、三人ともうす汚いよれよれのずぼんをはいて、上着のボタンを外し、二人はつぶれた戦闘帽を冠っている。人相風体から見てだらしなく無頼だ。それだけに不気味でもあった。が私は敢て気にもとめなかった。いつでも炭坑で酷使されている労務者が五六人梨小屋のまわりに群がって来て、放り投げてある半腐れの梨の実を争って拾ってたべる。それがしょっちゅうだったし、そんな飢えた野良犬のような群れが小屋の周りをうろうろされるのがどうにも切なくて、その都度売り物にならないものを空箱に投げ込んで、まるで豚に与えるように私は彼等に与えた。

「みんな持ってゆきな」

てんでにつかめるだけつかんだり、かかえこんだり、ポケットにねじこんだり。彼等の顔は生きている者とは思えぬ血の気のないどす黒さだが、その時だけはにたにたと歯ぐきを出してみんな笑う。満足そうにやさしく笑う。

それよりも私は今、眼の前に、もんぺこそはいてるが小ぎれいな都会風の二人の中年婦人に目方を計って慈梨《ツーリー》をわけていた。いや売っていた。女たちは喜んでリュックにめいめいそれを押し込み、買う方が何度も礼をいった。来た甲斐があった。明日東京へ戻るのにこんないいみやげが手に入るとは思わなかった。どんなに皆に喜ばれるだろう。しかもこんなに気軽に売ってくれて――。お代は？

「一貫目一円八十銭です」

と私は答えた。彼女等はくどいほど礼をくり返して、四貫目の梨代を払っていそいそと帰って行った。

三人の男の足が組み合わされたり斜めになったりして、眼の前に煩さくちらつく。客でもない。黙っている。私も黙ってうつむいて袋をむきはじめた。この時わざとらしい大きな咳払いが一つきこえた。それが合図か、六本の脚が私のすわっているむしろの前に暗く立ちふさがった。

「おい」

おどしをふくんだその声で私はぎくりと肩をすぼめた。

「一貫目いくらだね」

いうべきでないと心で思いながら、他愛もなく慄え声が口をついてしまった。

「一円八十銭です」

「青梨の公定値はいくらかな」

「――」

「おい。いくらだい」

「一円五十三銭です」

「ふふふ。ちゃっかりしたもんだ。とすると一円八十銭引く一円五十三銭はイコール二十七銭のつりが出る勘定だな」

ちくりとした針先の痛みを、皮膚にも心臓にもちりちりと感じ出した。

「公定値を破って大幅で闇をやってたんだな。これだけの梨畑から、今迄どれだけ不当にもうけた」

「――」

「おやじはいるのか」

「いまるすです」

二人はおし黙っている。一人だけが酒気を帯びてるらしく、山積みの果袋を靴先でざくざく蹴飛ばしながら、私の肩を強くつかんで引っ立てるような気配を見せた。

「この非常時にだぞ――」

縷々たる一場の説諭が小煩さくつづきはじめた。私は身揺ぎもせずうなだれたままだった。その態度がこずるい猫にでも見えたか、相手は突然苛立った。

「名前をいえ」

彼は手ずれた職務手帳を出した。ぶつぶついいながら住所姓名年齢を、私の声は小さく相手の声はわめくようなので、ひどくひまどった。

こうしている間に、私のからだのふるえはどうやら納まって、持ち前の腹の虫だけは、耐えられぬ怒りがむらむらと頭を持ち上げてのど元まで突き上げて来ている。

「公定値は――」

私はどもった。

「う！　公定値がどうした」

嚙みつくようだった。

「公定値がどんなふうに割り出されているのか、私たちにはわかんないんです」

「何だと、このあま、きめられた法の規定が不当だとほざくのか」

私の肩はぐらぐらと小突かれた。心臓がきりきりとつまるのを感じた。私は顔をあげて必死に相手を見た。

「不当とか何とか、そんなむずかしいことはわかりません。ただ公定値でだけ売ったんでは、とてもとてもくらして行けないことだけなんです。梨畑には肥料の配給は何一つない。こやしをわけて貰うんだって、袋の紙を手に入れるんだって、みんな不足な品物ばかりで簡単に手にははいらない。どんな苦労をしてこうして売るまでにつくり上げているか――」

　相手の眼がへこんで蛇の眼のように光った。

「こやしが不足だったら木の葉でもさらって小便でもかけろ。虫にくわれるのが切なかったら自分の眼と手でとりつくすんだ。現状はそれがお前たちの当然過ぎる義務だぞ。自身の働きにゃもとはかからねえ筈だ」

　百姓の労働力は無償でいいとみているこの歪んだうつけに、私の唇はふるえた。

「それはやれる限りはやっています」

「では何だな。結局やみでもとでがかかっから、やみで売っても当り前だという理屈だな」

私の声は我ながら胸を張るほど高くなっていた。

「誰もがみんないろんな方法で苦労してつくって、ようやく採算すれすれの値が蔭の売値になっているんじゃないでしょうか。誰だって――」

破れかけた仕事着の肩をつかむその五本の指が、樫の棒のように固い感触だった。ぐらっとからだが揺れた。相手の顔は鬼のように見えた。

「きさま、自分のやってることを悪いこととは思わねえのだな」

「――」

「恥知らずの畜生だ」

「――」

ぴたりと手帳を閉じると、二人の連れにわざとらしいせせら笑いの目配せした。ぶっかかるような烈しい口調が頭の上からふり落ちて来た。

「正式な始末書を持って、明日午前中警察に出頭しろ」

彼等が去ったあとは、黄色っぽい夕風が畑一ぱい小寒く、一入《ひとしお》冷たくからだの中までしみ通った。悪寒と熱気と不安と反撥が全身をさいなんだ。

梨畑を全く私と息子の手に投げつけてしまった混沌は、今は傍からはおしはかられぬ彼自身のひたむきな心の進路に打ち込んでいるように思える。戦争の前途は暗い。何から何まで世代の底辺に叩き込まれて喘いでいる現在の私等、まして小作農民の弱い力の集結の努力前進にこそ、たとい不安な明日がどう変わろうと、向後私たちの生きてゆく道だけは必ず残る。

時には課税よりも酷な食糧供出を完納し、昼間畑に働いて、夜は警防団の一員となって村道を歩きながらも、奇蹟を信じられない者には殆ど無策な戦争に遮二無二かきたてられながら、地辺を這う者たちの乾ききった固い結合の足場から予想される廃残の土をかむってまっさきに起ち上がる者は農民だ。僅かに残った種袋をつかみ出すその気力と、糧をつくりあげる根性との培い、そこに彼の性根は今鮮やかな夢となって燃えつづけるらしい。家族にとっては一文のたしにもならぬそれを私は疲れ切ったからだで烈しく憎みながら、心ではいさぎよく負けていた。この日もたしかそうだった。夜になってもどこかをうろついていることだろう。

十八になった息子は、小麦だんごをすする夕食の中で、

「あっさりあやまればいかったんだ。気ばかり強いからいつも余計な苦労すんだよ」

と私をたしなめるようにいう。いつのまにか大人の判別を備えはじめた素朴な長男と、何かさし迫った不安を感じているらしい弟たちを見ると、私はから元気を出して無理に笑った。

「どこでもやってることなんだ。あたり前の通り相場だよ。今時公定値で買えるものなんぞ何一つあんめえ。心配すんな」

　土間の戸がこっそりあいて、部落で顔の利く万さんがはいって来た。これから駐在所へ同行しようという。つまり一しょにあやまりに行ってやろうという。

「奴さんたち自分の点数をあげようとして、毎日焦ってんだ。つまんねえことでもたねにすればなる。大物は逃しながら小物あさりで数でこなす。運悪く網に引っかかったんだよ」

　益々ばかにされてるように腹が立って来た。あやまる気など毛頭ないと私はきっぱりいった。普通に通っていることを、むしろ私は他の人より品も目方も吟味して最低の値で売っている。とれるからいいと無法にしぼっているのではない。購買者が納得のゆく計算で少しも心に恥じていない。需要も供給もお互い不満がないところできめられてどっちも助かるなら、はたからせり出す無用の威嚇などに口惜しくて頭が下げられないと私は強情張った。世渡り上手な万さんは笑いながら、

「実際はそうなんだが、相手はすっかり世間からあまく馴らされてしまっている。おめえが形だけでも頭を下げて、梨の二貫目ずつも手みやげにすれば、口で毒づいてもそれで済んだんだよ。むしろ向うはそれがねらいなんだ」

私はその単純なからくりを迂闊にも今始めて気がついた。

「やっぱりね。やつらも物が欲しいんだね」

「ばかばかしくても、相手の口をふさぐしかねえべさ」

万さんはその方面にも少し顔が利いている。私が彼等三人の欲しがる梨をうんこら背にして、万さんのうしろから平あやまりにあやまれば、明日の出頭は消えてなくなるか知れない。息子は賛成した。僅かのもので煩わしい不名誉が消されるならと思うその心根がわからなくもないが、私は考え込んでから、やっぱりへそ曲りなりの腹をきめた。あやまりには絶対行かないことにした。明日始末書を書いて警察にゆく。私をとり抑えられるなら、村中の商人も百姓も購買者もみんな数珠つなぎになるだろう。煩瑣な仕事が彼等の手に山と重なるだろう。私は不逞な闘志を燃やした。彼等のしずかな諭しならおとなしくきく。そのおどしが何ともからだ中の血を逆流させる。

「ほんとに心配かけて、すまねえけんど」

と最後に私はていねいに万さんに頭を下げた。一言はなしたいと思った混沌はその夜更け、暗い小屋へひっそりと帰って来て、ひっそりと寝たようだ。私は話す機会も勇気も失せていた。

翌日は風はないが曇っていて小寒かった。子供たちを学校へやって、父親には何もいうなと息子に念を押し、末の女の児をあずけ、八時前に村役場に近い代書人の障子をあけた。貧乏えびすのようなおっさんが、上り框近くせり出すように机を据えて、ニッケルぶちの老眼鏡をかけて書きものをしていた。かげの部屋でごちゃごちゃ家族が朝飯をたべてる様子だった。何をどうしていいか始めてなので、詳しくすじをたてて事情を話した。

「ああ同じようなことで何人か来たよ。屁みてえなことでなあ。あんたも運が悪かったな。はっはっ。まあ大したことはねえから」

料金さえとればいい代書人は愛想よく、規定の書式で余り上手でもない書体ながら、一枚の始末書なるものを書いてくれた。まるで他人のものを見る思いで、私は自分の罪状に眼を通した。

一円の料金を払って戸外に出た。役場隣りの駐在所へ、私は腹を据えて這入った。始末書を手にした若い巡査は昨日の人たちではない。おだやかにいってくれた。

「ここは管轄がちがうから、×××駐在所に行きな」

名ざされた駐在所まではここから約半里ある。妙に佗しい菊竹山の全容ははっきり目近に、峯の一本松がそびえたち、その後方はるかに赤井岳、水石山のゆるい起伏がうすねずみ色にかすんで、さして変わりない暗色の空とぼやけた稜線を劃してみえる。まるで雪の降る季節を見るように心が凍みる。

人に顔を合わせるのがどうにも辛かった。恨めしい程自分が荒れだつのが腹立たしくもあった。全フルで動く古河鉱山をとり巻く家並みの揃う街道を避けて、廻り道でも人気のない淋しい好間川の堤防伝いの小径を、川の流れをさかのぼって急いだ。篠や芒や小灌木が私の姿を都合よくかくしてくれた。連々と重なる村山の低い峯々が、川面の中程まで憮然とした姿の黒い影を落としてちらちらしている。私は今はじめてのようにうら佗しくそれを見た。水音を耳にするだけで、堤防は曲り曲って、やがて蒼い川水がよどみ、流れをみせなくなった幅広い石河原の上に国道の長い木橋がかかっていた。そこを渡れば駐在所は三町たらずである。

街道から三段の土階を上って、×××駐在所の黒ずんだ表札が門柱に下がり、古びた玄関の硝子戸が二枚双方にひらかれた正面見付の高いテーブルの前に、裁判官さながら厳然？　と一人構えて見下ろしているのは昨日のあのほろ酔いの巡査である。私はちょっとたじろいだが、度胸をきめて中にはいり、向かい合って一段低い土間の木の腰掛けの傍に立って一礼した。巡査のまうしろには、さめた日の丸の国旗がだらりと年代を経た古幕のように壁に垂れ下がって見えた。

巡査は威厳をそこねるのを極めて惜しむように傲然と肩を一文字にして、かけろと顎をふったようだ。私はよごれた固い腰掛けに爪先を揃えて腰を下ろしたが、この時始めて破れた爪先、ぱくぱくのかかとを麻糸でつづくった土だらけの自分の地下足袋に目をとめた。つぎを当てたモンペの膝も土垢でよごれていたし、洗いざらしのもじり半てんの縞目もうすれて、恐らく油気もない髪はぼさぼさと赤ちゃけてつかねられ、膝の上の黒い防空頭巾の上においた骨太い指は、根っ子のように粗く節くれだっていただろう。それがその時はっきり意識した私の全容であった。ゆるみない働きづめの苦労にしわんだ、心なくみる人の眼にはうす汚ない貧しい農婦のむき出しの醜骸であったろう。

私は風呂敷を拡げて始末書を出し、立ち上がって巡査の卓の上へ及び腰に捧げた。巡査は勿体らしく読み下してから、おもむろに一咳して、

「お前はこれを全部認めたのだな」

「はい」

「悪かったということも、又これから注意することもここで誓えるな」

私は返辞はせずに、唯つつましく下を向く演技をした。腹の中で大声で「糞っ」と反撥しながら。だが酒気の抜けた巡査の顔色は栄養不足な土色だった。昨日の姿勢は影もない。私の態度を自己流にすなおに解した満足心が、こっけいな薄ひげの疎らな鼻の下を撫で、片肱をついて善良なうすら笑いさえみせていたのに私は少し戸惑うた。

苦しいのは解っている。だが頑張って銃後を守るのが我々の務めなのだと一くさり説教を暗誦してから、今の今までの自分の不安を、案に相違してあっさり吹き消してくれた。

「神妙に出頭したから、説諭だけで許しておこう。決して二度とするなよ」

ああ眼を見張れ。その言葉に忽ちぱっと純白の羽が生えて、何か軽やかなものが重い硝子戸の入口から、高い広い空へひらひら飛び去っていくではないか。はりつめた胸がやわらいで、うっすりにじみ出す不思議な涙を恥じて瞼の裏に押しこんだ。私は柄にもなく姿勢を正して立ち、ありがとうございますと叮嚀に礼をいって、破れたかかとのうとましいほほけた後姿を巡査に見せたまま、二度と踏む気のないその敷居をゆっくりと跨いだ。

（昭和十七年秋のこと）

いもどろぼう

待ちわびた初秋の雨が一昼夜とっぷりと降りつづいて、やんだなと思うまもなく、吹き起こった豪快な西風が、だみだみと水を含んだ重い密雲を荒々しく引っ掻き廻した。八方破れの大まかな乱裁ち。忽ち奇矯なかげを包んだ積乱雲の大入道に変貌しはじめたと見る間に、素早く真白い可愛い乱雲の群小に崩れて寄り添い、千切れてうすれ、まっさおな水空の間《ま》あいを拡げながら、東へ東へと押し流されて、桃色がかったねずみ色の層雲が、まるでよどんだように落ちついてでんとおさまった。

かっとした夕陽が、遠い山々の紫藍色の稜線から匂やかにはね返って、まぢかな松林の梢をきらきらと再び夏の緑に若返らせ、畑の梨棚、あわ、陸稲、大豆など、背丈の順に濡れた葉先の水玉を惜し気もなくほろほろとゆさぶり落としながら、気持ちよく生々と反り返っていった。

三尺幅のあげうねにして植えつけた四反近い（四十アール）さつま畑は、どんな大雨にでも決して根腐れの心配はないと、私たちは自信にみちた耕作をしていた。やわらかい砂土や砂壌土とはちがう。植付の時が勝負である。それこそからだを真二つに折りかがめて、一寸でも高く重い粘地をすくいあげる高畝の作成に、総身の筋肉をよじり、ひからびるまで汗をしぼって深く鍬先を打ち込んだものだ。

そうして丹精こめた苗床から注意深く切りとった一番、二番、三番苗までの約一万五千本を、毎日天候とにらみ合わせて一本一本、手袋もない手指で固く粘りつく土ごりを砕きほごして、祈りをこめて植えつけてゆく。もともと南国の故郷を持つらしいこの作物は、ちょっとやそっとの真夏のひでりなどにはめげず、海老色の艶やかな茎と長い葉柄の繁り葉を思うさま縦横に伸びはびこらせ、二度の除草、一度の蔓返しで、今はさわやかな白紫に輝く裏葉を時折り風に打ち返してみせる。土中に精力を孕んだ頼り甲斐ある緑一面の広場といいたい。それが雨にぬれて黒緑にきらめく頼もしさは、身内をびっちり引きしめる。これでもう豊穣は約束された。

ああ好い雨だったと眼を細める。私たちの胸の底では、さあさいごの一踏張りだ。みごと育っておくれと念願しながら、早くも土に浸み込んだ充分の雨水をのんで、自分自身が福々しくいもにふくれ上がっている。

あでやかな夕映えがうすれて、空も山も畑も水々しく半乾きのままにくろずんで、星が一つ一つ数を増す毎に益〻黒味を増して、山腹一帯の高原を包みこむひっそりとした松林の静寂。燈火管制を解かれてから一ヶ月後の今夜は、その深い樹林の隙間を通して、向かい山の炭坑のちりばめた電球が、作業の轟音にふるえてるような小さな光りを、こちら側までちらちらまたたかせているようだ。そして珍しく風も落ちた。

こんなおちついた晩、私は久々におだやかな心で、ランプをともした唯一つの住居、そのうす暗い破れ小屋の中に、板ぺらのようなふとんの端ででも手足を伸ばして、幾人かの子供たちと頭を並べて深々と眠りこけたことだろう。だが、遠いあたりから何かの悲鳴をきいたような気がして、はっきり眼醒めた。

「おおい――おおい――」

夜陰にこだまする現実の必死な叫びは、異常に不気味で鋭い。あれは確かに、ただごとではない。私は細めたランプを明るくすると、梁から下げた八番鉄線を折り曲げた吊かぎから外し、着たままにもんぺと地下足袋をつけると、ぬかるむ真暗い畑中道を約百メートル先の混沌のいる番小屋に風のようにとび込んだ。中はまっくらである。どうやら事は畑の方にありそうだ。

漸く降るような星の光りに視界が少しずつなれて来た。同時に、獣そっくりな言葉にならない呻き、叫び、うなり声、組んずほぐれつの熱っぽい気配。二つの影がたち上がり、組み伏せ、横たおし、びしっとはじける肉弾の相打ち。黒いさつま畑は既に修羅場であった。

　私は混沌の危険を感じて、何かむちゅうで叫んだ。

「誰か、呼んでこう」

　喘ぎながらの声は割にはっきりしている。私は肩に翼を生やして小屋へ飛び帰った。折りもよく隣家の梨畑の中をアセチレン瓦斯《ガス》の光りが青くちらちらする。親父さんの見廻りらしい。私はそのくね垣にとびついて怒鳴った。

「おらげの畑さ、泥棒がはいったよ。おんちゃあん――」

　うおっという返辞もろともだだっと地ひびきする足音が、アセチレン燈もろとも闇の中にみどりの光輪をひろげて飛んで行った。私は救われた思いで小屋へ戻り、戸の外から子供たちの寝息をうかがってそっと土間の戸をしめた。星座の方向から疾うに夜半は過ぎてるようだ。

　非常を知らせる石油カンを叩く音が物々しく、ガンガンと山腹一帯に響き渡った。ことは咄嗟に大仰になったようだ。私は武者ぶるいとでもいいたい緊張した胴慄いを感じた。手にさげたランプが、急ぐと焔が明滅するので、脇腹にかかえてじりじりとすり足で走った。

番小屋のあたりはざわざわしていた。幾人かの人影と、時折り大きな怒声がとぶ。近づくと、おんちゃんは勿体ないガスを消した。ランプを小屋の釘に引っかけて、冴えた青白い光りから急に変わった鈍い黄赤な光線のため、あたりは一きわ陰惨に見えた。私は奥歯をかんだ。

これは又あまりにも怖ろしい。小さいながらどす黒く塗りたくられた地獄絵図ではないか。頭のつっかえそうな一坪半の板張り小屋は、五つ六つの梨の空箱がころがっていてひどく荒んで見える。混沌がいつも寝床にしている稲藁は、土間一面にぶっちらかされて、十人近い顔見知りが、鉢巻、頬冠り、ぼろ外套、破れどた靴。まるで山賊の集合さながら、奇妙な形にむんずと口を噤み、神妙に眼玉をぎろつかせて、箱に腰をかけたり、藁の上にどたぐらをかいたり。その中心に炭坑夫らしい菜っ葉服の中年男が、両手を突き、額を土間にすりつけてつっ伏している。見下ろした背幅は広い。平くもの如くの形容がぴったりの姿だ。憎いといえば憎い。むごいといえばむごい。浅ましいといえば眼をふさぎたいほど浅ましい。私は生まれてはじめて直接の被害者対犯人という生きた場面を眼にした。

農作物の被害はむかしからだが、最近殊更に手ひどくなっていた。食われるものは無残に引き抜かれていた。梨畑は三日に一度ぐらいの割合で必ず垣根に大穴があき、何人かの手であらされた後は、惨憺として、逃げ道の松林の下草はべったらと踏みしだかれて、あわてて落としてゆくらしい果袋のままの不熟な梨の実が点々と無惨にころがって、労苦につながるものだけに身を切られる思いを味わう。私たちは舌の上ににじみ出すねばねばした苦味をかみしめ、度々の甲斐もないその穴の修復にいつも無念の腹を煮え沸らせた。板切れに古釘を剣山のようにびっしり打ちつけて、ねらわれ易い場所の根元にすえつけたりする残忍も公然とする。だがどこでも徒労であった。

畜生！　めっけたら足腰のぶっきょれる程ぶんのめしてやるぞう――

手当り次第の災害に、どの畑の主たちも、女房もじさまもばさまもこの時だけは覚悟を一にして自分たちの日頃の辛酸をふり返り、事もなげな仕打ちをする掠奪者を火を吹くように呪い通していた。そして今度は村のあちこちからいも泥棒の情報が苛々しく流れはじめた。さつまいもは私たちの開墾部落に課せられた、小麦、馬鈴薯に次ぐ大切な第三の供出品目である。これは緊急問題であった。割当はたとい自分らの口腹を満たされぬ不作であっても量目は果たさねばならぬ。不条理な目つぶしをくらわされた悲しい群盲のひしめくひん曲った時代であったから。

部落十四軒は盗難防止に異議なく結束して、もし誰の畑でもそれをみつけたら、空カンを鳴らして非常集合の態勢をとるという固い契約。裏に自分を守るための必死な利己欲が高まって、いつか共同体勢という外側はけなげに見えるもろい結束の紐を結んでいた。私たちの畑がその最初の実験台となったわけだ。

しんしんと寒い。古箱を叩きこわして焚火を始めた。赤い焔は勢よく燃え上がり、灰色の煙をあげ、楽し気な小さい火の子の舞がちらほら踊りはじめたが、事態は奇怪な大入道の形を乱れさせ重なり合わせるだけ、ゆらゆら暗い影のみが入り乱れた。

まるでタールで固めたように、いものやにでぱっかたに汚れている一俵入りの大南京袋。ぼろのつぎが幾箇所にもブリキのように固くはりつけてあった。犯人の持ち物のそれをつかみ上げると、ひれ伏している背中をばさっと音のするほど二三度どやしつけた一人がいった。

「この手ごてえはどうでえ。今まで何百貫どこをあらし廻っただ」

「どうか勘弁して――勘弁して――」

両手を合わせ、土間に顔をすりつけて、前後左右に上体をねじっていざり代えながら、まるで念仏を唱えつづけるようにして、男は泣いた。藁屑の上にぼたぼた涙が落ちるのが、焚火ではっきり見える。獲物を仕止めた安心の上に、思いもよらぬ泥棒の涙は、ふてぶてしくさえ見えて興味深く、忽ちみんなを酔っぱらいのように浮き立たせてしまった。

一人が土間に垂れた頭に両手をかけてぐいと引き起こすと、ランプの前にぐっとさらし出した。アイヌ型のいかつく突き出した頬骨を持つ。濃い眉の下の眼も鼻も口もくしゃくしゃとまっくろに縮みねじれて、それは屈辱、後悔、絶望、悲歎、その底に脈々としたあたりどころのない怒りが波打っている。いわゆる土壇場の感情がむき出された、描きにくい醜悪必死の面貌であった。

「きさま、元山《もとやま》あたりの稼ぎ人だな」

男は口をつぐんだままだ。

「古河《ふるかわ》にはこんな顔はみねえ。元山から一里近えここまで盗みに来たんか。はてご苦労なこった」

どっとどえらい歓声があがる。

「——がきが多いんで——、土地者でねえおらにはろくに知りあいもねえんで——、百姓家《や》さ頼んだって、伝《つ》てがあっか、何か物を持っていがねっきゃどこでも用心してゆずってくんねえ。農家で欲しがるようなものなんぞ、もう俺にゃ何一つねえ。悪いことは知っていやす。んだが、がきらを見てると、ついなあ——」

男の頬はまだぬれていた。そしてもがいて振りちぎって又突っ伏してしまった。

「腹がへってんなあ誰もだ。うぬらのおかげで俺等は、昼間いっぺえ働れえてくたぶれきっても、満足に夜も眠らんねえざまだべ」

男は口の中でつぶやいた。

「でもおらは、くうことの心配《ぺえ》ばかしで、ねむてえことなんどせえ忘《わっ》せた——」

つぶやきは皆の耳に憎々しい抗いの錐となってもみこまれたか、誰かの足が男のからだを蹴り倒した。ボタンの引きちぎれたぼろ服のどこからか、がちゃりと音がして一連のかぎ束がころがり出た。シャツもない赤黒い胸がはだけていた。かくそうとする男の手より早く、奪いとられたかぎ束は、皆の手から手へ念珠のように順ぐり廻された。さまざまな形の黒さびたやつ、また真新しい光りを放つやつ。それらが二十個ぐらい細い銅線の環に通されて、この場合妖しく生まれ出た不気味な深淵をのぞくような気配が皆の口を思わず閉じさせてしまった。これは強《したた》か者だ。簡単に始末は出来ねえ大物かも知れねえという疑惑がうずまき出したか、誰からとなく一斉に立ち上がって、警察に突き出すべえときおいたった。

男は殺気立って半身を起こした。

「それは俺が役目の職場で使あ道具場の鍵でがす。いろいろこまけえ置場がちがあから数が多いだ。ほかにゃ何にも通用しねえかぎばっかりだで。どうか警察につき出すことだけは、勘弁しておくんなせえ」

「だまされねえぞう——」

誰かがやり返した。

「突き出されたらおらあすぐ解雇だし。今職場を失くしたら、どうしてこのさき親子が生きてゆけっぺ。決して二度としねえ、決して決して死ぬとも盗みはやんねえ。腹の癒えるほど俺をぶんなぐって、せめてこらえて下せえ。今度だけ見逃してこらえて下せえ。警察だけはどうか、——どうか——」

泣訴と涙が小屋一ぱいにみち溢れた。

夜は白みかけて来た。暁の明星が磨いたように明るみかけた東の空に輝いて、群星はややうすれて小さく消えかかっていた。男の焦燥は極限になって、身悶えしながら猛獣さながらにあれ狂った。生にしがみつく断末魔の囚人同然、立ち上がってとり巻く人たちの一人一人の肩にすがり、腕をつかみ、哀願の限りをつくした。追いつめられた姿態の乱れの苦しさに、私は眼をつむりたくなった。白茶けたランプをふっと吹き消してしまった。そして胸の中が何とも手のつけようのないどろどろしたもので一ぱいになった。眠ってでもいるように何時間も黙りこくっている混沌に、私はすばやく眼で烈しい電光を送ってみた。彼はじろりとこっちをみつめたが、苦渋にみちた唇を歪めたきり、そのまま腕を組んで下を向いてしまった。

ぐっしょりと濡れた畑間のみちを、私は消したランプをカチャンカチャンぶらさげて子供たちの小屋へ戻った。悪夢と思い去るには鮮明すぎる。ばら色の光りが断雲の浮かぶ空をぼかして、夜ははっきりと明け放たれた。今日はいい秋晴れらしい。

坂道を異様な一行が肩を張って引き上げて来たのは、それから二時間ほど過ぎていた。根ごと掘り抜かれたり、育ち盛りの泥いもが散らばっていたり、格闘したあとのなまなましく踏み荒らされたいも畑に、心ない朝日がさんさんと流れているのを、彼等は一ときの興奮から醒めたしょぼくれた眼で改めて眺めながらも、災害は他人《ひと》の畑ですんだ、今度の騒ぎでまず当分自分の畑は無疵ですまされるという確証を握った。百姓特有のさもしいひもじさを持つ安心を各自ひそかに胸の中にしまいこんで、機嫌よくやあやあといって別れていった。

被害の畑をふり向くでもなく、小屋の藁の上に腰を下ろした混沌の顔色の暗さは、単に疲労からばかりでないことを私はすぐに感じた。空ろに見える眼の底には一すじの拭われぬ深いかげがひそんでいた。でも私は成り行きに興味はある。どんなだったと煩さくくり返すと、ぶすっとして一言だけいった。

「つかまえねばよかったんだ！」

（昭和二十年秋のこと）

麦と松のツリーと

地力もうすいこんな開墾畑の集落にも、国をあげての戦争というどえらい重圧などと、口が裂けてもいってはならない。

その土に、その時に生まれ合わせた私たちの、蒼ざめた奮いたちようは、もうその頃はよろよろしていた。食糧供出というがっきとした附帯条件の爪は、土をいじる者すべてののど元をおさえている。年貢米に苦しんだむかしの農民の苦悩とはまたちがう。もし負けたらどこに逃げ出すみちもない。国を挙げての存亡の糧作りと嚙みつかれると、戦果のでたらめ放送にもしんじつに耳を傾けて信じ込み、出征した身近な男たちの血みどろな戦場を想い、戦死者の俤《おもかげ》を胸にうかべる。だからこそ死んではならぬ自分を思い、子供を思い、土に生きる者はその道で、一粒でも多く増産をはかるための苦労は当然であることのような義務観念をすなおに植えつけられた、その時の百姓たち、私たち。

昭和十九年十月×日、小麦作付割当に対する村農業会からの肥料配給があるという。

この地での小麦の播きつけは十月二十五日が最適と標準期日が示されている。私たちは待ち焦れていた。たといどれ程の量であっても、配給を除いては一滴も化学肥料などは手にはいらぬ。自由になるものは自分の手足だけ、未明から汗をたらして近隣の山の地表をひっぺがすほどに落葉や腐土までさらって積む堆肥にも限りがある。麓の小学校の糞尿を漸く仲間で落札して、二斗半ははいる特製の底深い肥桶に争って汲み入れ、はねないように一握りの稲藁を輪にして浮かせぎっちりと蓋をする。やせうまとよぶ背負枠の横木にのせ、動かぬようにしっかりとゆわい、更に桶の胴腹をからげ結んで背負綱で自分の背中にずっしりと負う。このたち上がりがコツの一つで、力不足でふんばれないと隙間から流れ出た現物をひやりと首すじからたらたら背中にたらしこまれる。背骨と腰と膝と踵で出来るだけ垂直に立つ。これは殆ど女たちにまかされていた。その酷い汚臭で里人に迷惑がられたくないのと、登校する子供らの邪魔をしないために、暗いうちに起きてカマドにふたつけ、飯をたいて学校通いの子供のために準備して、おういおういと声をかけ合って明るみかけた坂道を殆ど駈けおりる。

　山麓にたち並ぶ古い大きな米作農家の台所から朝食のけむりがほのぼのと青く立ちのぼる頃には、この汚物を背にしたむごたらしい頬冠りの一行八人、朝日に向かって深くうなだれ、荒い息を吐きあいながら高原への坂道を黙々とのぼる。私も常にその中の一人だった。上りつめた頂上のとっつきが私の畑。道をはさんだ両側が短い雑草でふちどられた手頃な高みで、八人は向かい合って背負枠の足をおろし、自分の尻をおちつけ、はじめて肩をゆるめ膝を伸ばしてほっとする。一しきり打ちとけたむだ話を雀のようにさえずりあう。臭いもむさいも感じない共働きのこのにぎやかな胸の張り。そうした日が毎月何日かずつ続けられていた。

だからこそ肥効も高く、見た目にもいじる手にもなめてしまいたいほどに美しくさらした金肥《かねごえ》は一握りでも余計に欲しい。粘土畑の耕耘に汗を流している混沌は、どうせ知れたもんだとそっぽを向いて、万能の柄から手を放さない。見当のつかぬ私は、自由購買の頃の空袋を四五枚かき集めて、共同集荷所へ勇み足で急いだ。

見た。昨年の半分ほどもどうかしら。情けない容量でしかない。私と同じように期待を持って何枚かの袋をかかえたなかまが、小寒そうに貧乏ゆすりしながら全員の集合を待っている。十貫目入りの硫安のカマス一つ、三俵の過燐酸石灰、そしてよごれた円形の固い豆粕板一枚。ほかに何もない。これが三町歩近い麦畑への全配量であるという。村の施策は米作地優先であることに諦めはしているが、目には見えぬ顔、伝て、横車というおそろしく強いかげの魔術がある。流れ者の寄り合っている弱い根無し草のここは、どこよりも薄い恩恵のしるしですまされがちだ。予期以上の期待外れに、集まった誰も口が重くなった。

「あねさん、勘定を頼んべえ」

班長のヘボ常さんが柄にもなくへつらい顔で私を見た。日頃の大口も駄洒落《だじゃれ》も計算にだけはからきし弱いらしい。皆は土間を掃《は》きならしてむしろを敷いたり、斧や鉈や玄能や、一升枡五合枡一合枡、といかき棒から小さい欠け茶碗まで持ち寄って来た。私は肥料の空袋を破いて裏返し、モンペのかくしから鉛筆を出して大きく十四本の線を引きおろし、名前と作付反別、配給量、金額の四段にわけた表をつくった。

「うん、そんでええ」

ヘボ常どん機嫌がいい。見積って硫安は十貫目、過石は二十二貫、これを一反歩単位でわけるしかない。豆粕板は男たちが斧でたち割り、鉈でけずり、玄能で砕くという大仕事だ。硫安は反当り一升枡にといかきをかけて一杯ずつ、過石は二杯、五畝歩には五合枡、二畝のはしたには一合枡を使った。余った分は容器を小さくして出したり入れたり首をひねって平均に、むしろから叩き出したごみまじりの一升足らずを残った女たちは欠け茶碗につめて長い時間をかけて按分した。皆が持ち寄った袋は、僅かに底の方がふくれて振り廻される程沈んで軽い。叩き割るたびにぽんぽん飛ぶ豆粕の砕片は、誰かの口に噛まれて、こりゃ「んめえ」という。

「食っちゃあだめだっぺ」と怒鳴った奴が自分もかじる。

「うん。あぶらっこくってんめえもんだな」

皆が我勝ちにと頬張って、んめえ、んめえともぐもぐしながら、にじみ出るように情けなく笑い合う。私も一片かじってみた。うすい甘味とどぎつい臭味のまじる脂肪と、芋とはちがう穀物のかたい歯ごたえがある。これは枡《ます》ではかれねえ、秤《はかり》だよ。一反歩二百目ぐれえずつはじめっぺかな。まるで砂糖かお菓子のとり扱いだ。期待をかけた念願の配給はひどくうすい結果で報われた。

「こりゃあおめえ、畑の風上にたってよ、西風におっぷってでももらあねっきゃ、どうにも使《つけ》えようあんめえぞ」

半分おどけてふてくされた男。一瞬笑いが湧いたが、かすかすの声はすぐ消えた。失望と自嘲に歪んだ面構えが、皆の胸を悲しくやけにけしかけてゆさぶる。

大空に翼に日の丸を描いた飛行機の頼り甲斐ある姿が、めったに見られなくなってゆく現在、怪物の大型敵機が爆音高く悠々とのさばるように飛翔する姿におびえている自分たちは、何よりもまず自分の命のために、畑に穀物の芽を生ませ、細々としてもいい茎葉をのばし、三粒成りの穂首でもぎらつく夏空の下に浅い穂波をそよがせねばならぬ。そして何とか割当ての不安な義務も完了したいと希う朴訥な性根のねばりは、腹立てて叩きつけてもしまいたい位の僅かの肥料でも、やっぱり大切に抱きかかえてしおしおと帰ってゆく。そしてきらきらと輝く結晶の一粒も畝間からとび散らせぬように、播かれた麦種の間を細くちぎれた白い糸のようにきれぎれに走るその畝の一条でも多いようにと、思案のありだけを傾け、あとは太陽と雨と風とのめぐみをねがい、これだけは無限に思える自分の足腰に期待をかけて鍬をふるうだけだ。

そうした私たちのこやし臭い祈りの果ての麦の芽、応えて芽ぶいた針先はうっすらと目を開いたが、あのぱっとした濃緑の肉厚い少しねじれた三枚葉が、地面にぴったりと這って条をつくるまばゆく逞ましい幻はどこへ！　三四本の毛根をふるわせて、必死に地下を探り求める成長への糧は、確かに乏しく空しい筈だ。細いふらふらした淡い緑の葉が辛うじて三葉に分かれても、夕闇のうすら明りで見るように生気もない。

初冬の空は凍って、阿伽井《あかい》岳颪《おろし》の身にしみる畑の上で、私たちは麦を踏む。細い根を凍み上がらせてしまったらそれこそ自分らの命のはてにつながる。それを思ってここを先途と踏む。が、余り力を入れ過ぎて葉が痛みはしまいかと、細心にかかとの力を抜いて足裏のカンでゆるやかに踏みつづける。

「父ちゃん、強く踏んづけないで、軽く、かるうく」

私の大声にふり返った混沌はにやりと苦笑する。

神経と労力、祈りと希望とを腹の空いた五体に包んで、日暮れまで地面にうごめき廻り、漸く手足をのばす小屋は、強制燈火管制下の暗いランプの笠から風呂敷を垂らした円径二尺たらずの淡い灯の下。子供らはその下に放射状にすわって頭をよせあって学習をする。父親は節穴だらけの雨戸や入口の戸前に、むしろをたらして完全遮漏。私は台所の小さい窓にも覆いを張って、かで飯をたくかまどの焔を息をこらして内輪にもやしつづける。

高地の夜の黒い原っぱの一軒屋。そこは一点の光りを洩らしてもきっと目標にはなるだろう。正確な地図を使っての襲撃であっても誤認ということもある。「無茶に死んではいられない」混沌はいつもそういった。命を惜しむということは当時の風潮からいわせたら、至極臆病な非国民の泣き言と見下げられ勝ちであった。私さえ、自分よりもこの人の方が臆病が一枚上だわと少しばかり心であざ笑った位。空襲のたびに死ぬ時はどこにいたって同じことだと安価にあきらめて畑の畝間に身を伏せる私だが、混沌は「ばかっ、逃げろ」といって、二十間ばかり離れた山腹に掘った小さい防空壕へ末の娘を抱えて走った。娘の赤い着物が藪原にちらちら動いて、却って危険じゃないかと私はうしろで息をつめた。

そんな昼と夜とがくり返されていた時だから、徐々に終戦に近づいていた十二月終り頃であったと思う。その日はうすら寒く雪空にでもなりそうに曇っていたと覚えている。踏みつけられて絶えだえに、しかも起き上がろうとしている麦の細葉に、私たちは愛撫をこめてまるで肌着を着せるようにいたわりの土入れをしていた。程近い炭坑の騒音が、山がしずかなだけにいやにけたたましくはね返って響いた。煤煙も濃く山麓のあたりまでよどんでいた。

三百人の俘虜を坑内使役につかせている収容所の通訳Nさんが、畑のそばから不意に声をかけた。

「この辺に樅の木はないかねえ」

私たちはふり返った。碧い目の俘虜が一人Nさんのうしろにたっている。私ははははんときた。クリスマスだよと小さく混沌にいうと、一捲きぜんまいのゆるい彼は気がついたか大きく笑った。

「樅はねえなあ、松の木だらどうだ」

「松の木か」

突飛さにNさんも笑った。私も笑った。言葉の解せぬ俘虜は眩しそうに目を伏せた。外人の年齢というものはよく分らないが、極く若い男だ。ちりでよごれてはいるが、櫛を入れたらさぞかしきらきらと輝くであろう房々したブロンドの髪の毛が両耳をおおうて、首すじが細かった。Nさんのゆったりしたうしろについて、俘虜は菊竹山の松林の中に姿を消した。

私は小屋へ戻って、真黒い鉄びんの下に柴木をもやしながら、今日は一機も飛行機が飛ばないせいか妙に心が和んでいた。案の定、西側のがさ藪の細みちをがさがさ押し分けて、Nさんたちが小屋の前に現われた。こぼれ種から芽生えて、恐らく下刈り人夫の大鎌からも逃れた、陽の目もみないひねくれた一間ばかりのみすぼらしい芯どまりの松を一本、俘虜は窮屈そうにかついでいた。

「いいのがみつかったなあ。枝ぶりもええ」

混沌は眼を細めていった。樹林のすきまにはさまれて身もだえしながら、五六段の左右の枝を空に向けて、双手をあげるようにのしあげている。松葉の色はなよなよしく淡かった。私はむかし読んだ暮鳥の童話、老木と若木というのをひょっくり思い出していた。

「樅だって松だって同じこった。飾れば気がすむさ」

Nさんは無造作にいう。

せまい縁に、熱い番茶を入れて大根の切漬を出した。松の木をかついだままで直立している俘虜にNさんが声をかけると、ほっとしたらしく肩からおろして、地面に銃をたてたように右手に持ったが、姿勢は崩さない。

Nさんと混沌が切漬をばりばり嚙んで茶をのみながら、ゆっくり腰かけたまま戦況や何かを小声で話し合っている。私も口を出した。

「一体勝ってんの、負けてんの？　おいらはどうなっていぐんだっぺね」

「恐らく駄目だろうね。もう遠いさきじゃないようだ」

アメリカで二十年余りくらしたNさんは、日本人らしくないすました目ではっきりいう。

「ほんとに、もし負けたらどうなんの。属国、奴隷、それとも――」

私は口に出すのが恐ろしかった。

「どうなったって俺たちにゃ大した変化はあんめえさ。くらしはひどくなっぺがな」

混沌は無表情でいう。

「ああ。だが心配はないさ。種をまいた奴がその実を刈りとるだけなんだから。むしろ早く結着した方が損害がそれだけ少なくなるというもんだ」

歯がゆそうにいってNさんも笑わなかった。私は味気ない気持ちで、じっと立ちつくしているこの俘虜をまたつくづくと見た。碧い大きな目だ。高い鼻だ。あせてはいるが形よく閉じた唇だ。少し小柄できゃしゃで、まだ成長しきっていないしなやかさを持つ。

そう、せいぜい二十を一つ、二つ越した位ではなかろうか。Nさんが大きな声で笑うと、俘虜はびくっとしたようにちらと見てすぐ空に目を移す。

「この人は大学生だそうだ」

Nさんからきいて混沌は私に伝えた。私は改めてその深く碧い目をのぞいた。茶色の瞳が優しくまたたいている。何という品よく静かな風貌なのか。私たちと同格のよれよれの作業服を着て、すりへった地下足袋をはいている。うすよごれた白い布片をくびに巻いて、赤いうぶ毛のようなうすい口髭が初々しい。寒さのためか頬が赤い。それが消し難い若さを一入に引立たせてみせる。

私は熱い渋茶を一ぱいふるまいたくなった。Nさんを見るとご随意にというように知らん顔だ。私は茶碗に一ぱい注いだ湯気の立つそれを手真似で俘虜にすすめた。一瞬目を見張った彼は、Nさんをみてから松の木を地面にそっとねかせると、軍手をぬいで茶碗を握った。あたたかみを逃さずに掌に感じるように握りしめたまま、こんなまずい茶を音もたてずに飲みほした。

腕時計を見て、Nさんは腰をあげて俘虜をうながした。若者は不動の姿勢をとると私たちを見て、深々と頭を下げた。つりこまれて私たちもぺこりと頭をさげた。

これが憎んでもあきたらぬ敵兵、さげすみの底に突き落としてやりたい俘虜か、と思ってみても、細い肩にゆさゆさと小松の幹がかつがれて、山坂をおりる侘しい後姿の見えなくなるまで、私は俘虜の握った茶碗を気付かずにまだ握っていた。

「ねえ、あれは志願でなんど出て来たんでねえね。無理に徴発されたんだよ、きっと」

私は勢いこんだ。

「学徒兵か――」

相手は淡々と一言。くしゃくしゃのずんべら帽を頭にのせるとそのまま、腕を組み背中を丸めて元の畑へ出て行った。

その夜、炭坑の俘虜収容所の一隅に、菊竹山のこじれ松の枝々が、何を灯し、何をつりさげて俘虜たちの手に祝われたかを私は知らない。どんな想い出にふけり、胸で泣きあい、いつか放たれる日の祈りを捧げあったかをも私は知らない。


その日から八ヶ月過ぎた真夏の日、根こそぎくつがえされて、ようやくおびえた爆音が消え、惨めすぎる平和がやって来た。その年私たちの畑の麦は、不作の年のライ麦みたいな細い穂首を突き出して、申し訳のように薄く波打った。

今日ただれるようにやきつく炎熱の白光はくるめくばかり鮮やかで活々しい。思いもかけずNさんに引率された三四十人の俘虜、いや今は勝ちほこったアメリカ兵たちが、愉快気に菊竹山目ざしての山遊びだ。集落の小さい子供たちが一団となり、ぼろしゃつで、はだしで、やせきれて、蓬々頭で、栄養不良のどす黒い顔でぞろぞろと、血色のいい大きな兵士たちの前後にまといついて口々に叫んでいる。

「ガム、くんちぇ(下さい)」

「ガム、くんちぇ」

敗戦国の難民の恥を忘れたあの顔。怒りようもなく、咎めようもない乞食同然の腹からの泣訴を——。兵士たちの中にはポケットからつかんで投げ与える親切者もあるが、くしゃくしゃ噛んでから草っ葉へ吐き捨てる者もいる。子供らはそれさえむしりとって拾う。

私の子の小さい一人もきっとその中にまじって、ガムくんちぇをうたっていることと思う。

私は打ちのめされた屈辱の空しさで、口中がねばっていた。坂道の降り口のさつま畑で、ここだけは真緑一面の畝間にしゃがんで、のび出た雑草を無心になってむしっている時、兵士たちはうたったり叫んだり笑いあったり、充分に遊び疲れて帰り道を楽しそうに歩いて来た。私は彼等数十の目にまともに曝し者になるのが辛くて、破れ帽子を目深にうつむいたまま仕事をつづけていたら、「今日わあ」という朗らかなNさんの声で、思わず顔をあげた。汚ない帽子をとって私は眩しく笑って会釈を返した。とその時、列の後方から私の目の前にひらりと白いものを投げてよこした。それはふわりといもの葉面の上におちて白い花のように開いた。茫然として目をやると、三人ばかりの若い兵たちが何かいっている。や、これはどうしたことか私は知らぬまに自分の右手をあげて、楽しくありがとうといった。彼等は更に手をあげ、振り返り振り返り軽快にふりつづけながら、坂に姿を消していった。咄嗟に胸にうかんだのはあの俘虜だ。いや大学生だ。拾いあげてみると、幅二十センチ、一メートル位の長さの真白な人絹布で、中に吸い残しの五本を入れたつぶれかけたあちら製のたばこの箱がくるんであった。煙草がきれてぶどうの枯っ葉などまるめて吸っていた混沌は、子供のように喜んで思い切りよく一本をすばすば吸った。私はその布を洗いさらした肌着の半襟にして、せめて襟元だけでも清らかにしたいとしまいこんだ。

（昭和十九年冬のこと）

ようく似ている。太陽が両岩壁のどちらかに落ちて、深い渓谷の様相と、それとわきまえられる流水の形が昏《くろ》ずんでいるどこか記憶に残る風景が思い出される。が、途轍もない、ここは古びた常磐線平駅の三番線プラットホームだというのに。寄せる波、打ち返す潮さながら満ちさしする人間のそれが、不思議と音の抜けた小波の皺そっくりだ。けだものか人か、男、女、はっきりしない裏も表もないずんべらで、ふくれたの細がれたの、しゃちこばったの溶けそうなだらけたの、だがどれも鉛色の面型にくり抜かれた二つの目と三角形の口がはっきり一つずつえぐられてついているだけが鮮やかすぎる。

　磐越線、ここは太平洋から日本海へ抜ける磐城岩代越後をまたぐ横断路線。大正の初め頃開通された時分は、どこかの線路を流れ流れて老いぼれた車体が、最後の正念場と腹をきめたように、さびた赤線の腹帯をして、しょぼくれた小さい目のような窓々を並べて、くしゃみつづけの車輪のきしめきと細い線路になじめぬ車体の揺れが不安ながらも、必死と黒い吐息をぽっぽっとまだ鮮麗な阿武隈山脈の麓の緑に吐きかけながら、しかもその座席はせまい浅い腰掛けにそそけた薄べりござが敷いてあった。

　私は今その磐越東線に乗り込んだ。苦心して伝てを求めてようやく手に入れた一枚の往復切符をお守りのように握りしめて、真暗い四時半山道を下って一里、遮光幕の中のぼんやりした未明の駅に駈けつけて、冷たい改札口のそばに立ちつくして二時間近く夜明けを待った甲斐があった。あのおとぎばなしに同じ記憶のポッポ汽車のまぼろしは失せて車体も広く、背当ても腰掛けもすり切れても布張りだが、なのになぜこうも固く暗く冷たいのだろう。重なって乗り込んでくるどの客もえぐられた眼と口とをぎらぎら動かして、重い胴体をぶつけてごつごつと座席を争う。網棚が古い鶏舎の金網のように重荷で黒くたれ下がる。うなる風音だけが車内を灰色に吹き抜けるだけだ。

　私の傍と向かい側には大荷物をかかえた何しょうばいか知らぬ男が鉛の目で私を見据えてから腰を下ろす。彼等はからだを二つに折って両方から頭をねばりつけて何か語り合うようだが、夜の微かな木の葉ずれの音をきくようだ。さざなみはあらかた汽車に呑みこまれて、ホームはコンクリートの鈍い地肌が寒々しく広がりはじめた。その時どっと湧き立つように陸橋から駈けおりてくる一団が、私の窓のまん前に四五列の半円陣を敷いた。紛れもない出征兵士の歓送であった。そうだ、その日は昭和二十年三月九日と私ははっきり覚えている。これもまたこちこちの鉛の群だ。

中央に直立した出征兵は、ばね仕掛けのように右手を耳近く三角形に釘づけし、じりっじりっと前後左右ににじり向いて念入りな挙手の礼をした。二三十人の取り巻いた見送り人の雰囲気から何か固い職種らしくどこか角張って見える。背帯をつけた甲種国民服の上司らしいのが、型にはまったむずかしい激励の言葉を咆えてからしゃちこばった握手をした。発車は迫っている。出征兵は姿勢を正すと、おそらく何百の目が窓々から自分を射すくめているであろうことを意識してか、列車に向かって肩を怒らし、その三角の口がそのまま顔半分に拡がり奇妙な赤い舌がちらちらと燃えた。破れ太鼓を叩き割るような声がふるえて来た。ぶち破って来ます。私は、私は、きっとぶち破って来ます。敵を、アメリカの奴等を――、それきり絶句した。ちらりと赤い舌が沈んで、口辺の細い溝に二条の水がたらたらと光った。糊気《のりけ》もないうすよごれたエプロン姿の国防婦人会のたすきだけを斜めにかけた無表情のそれでも七八人の中年の女たちが今日まで何十回振ったか知れぬさめた日の丸の小旗を形だけ振って、みんなあてどもない方に眼を向け、哀調を含んだ露営の歌を口先だけでうたっていた。一同は両手を上げて高々と万歳を三唱した。汽車の窓々からも皆この兵に万歳を送った。兵士の胸に勇気をかり立て万感をそそるその声も、僅かの血縁を除く以外は三分後にはきれいに忘れられてしまうこだま、でしかない。鉛の大口はがっきと閉じられ、兵士は大股に私たちの車輛にのりこんだ。車内の風は少しざわめいたが、まるで彼のために用意されていたような私の真向かいの空席に彼は無言で腰を下ろした。私は出征兵と真向かいに顔を合わせた形になった。傍の男たちは一瞬からだを起こして頼りなげな眼をちらと向けたが、すぐ又元の姿勢にかえって二つの頭ははりついたようだ。

　汽車は動き出した。兵士は肩から頭を窓外に突き出して張子の虎のように首をふりつづけた。汽車は速度を増して折れ曲り、小さいトンネルをくぐり、山が遠のいて田圃がひらけ、又山が迫って細い野道が見えて五六軒の民家が並び、子供が二人汽車を見ている。三月には似合わぬ空も山も皆暗い鉛色だ。どこもここもこちっと縮みきっている。私は地下足袋をはいて防空頭巾を肩にかけ、帯芯の天じく木綿で縫った手製のリュックを胸に当ててしっかと抱えこんでいた。どこへ行くのかと誰かに声かけられそうに思っていたが、鉛の顔同士に記憶は伴わぬと見える。いわきのまわりから脱け出たことのない四十六歳の私が、同じ県内とはいえ遥かに遠く感ずるはじめての旅、会津若松二十九聯隊××中隊××速射砲隊×班の息子にあいにゆく母親の一人旅である。私のツトムは、断末魔の軍政府があがきにあがいてひねり出した一年繰りあげ徴兵の初の甲種合格者であった。二月一日入営の日は父親が現地まで見送って宿で一夜を枕を並べて寝た。が父だけは眠れなかった。同室の同じ見送りの父親が、小柄な自分の息子とツトムを見較べて、立派な体格でやすなあ。大方山砲隊かもとたぶんはほめ言葉でいったと思うが、五尺七寸二分、十七貫の若者は手放すに惜しい貧しい我が家の唯一の動力であった。エンジンをもがれた農具と同じ父親が複雑な思いを胸につめて、息子のぬけ殻だけを風呂敷に包んで悄然と山に持ち帰ったが。数日前、息子から検閲済の判を押されたはがきが来た。元気で訓練にはげんでいます。さつまの苗床踏込みははじめたか、二十五度から八度の間の床温を守って下さい。今営舎の裏門でならちょっとの間はお目にかかれそうです。こちらはまだ雪です。謎の言葉が一片はさまれていた。

ああ、あれはいま家のことを心配している。苗床造りは父親よりもぐっと上手で、醸熱物の踏込み方も種藷の伏せ方も三四年この方彼の手で一度の失敗もなかった。私は矢も盾もたまらなかった。ずり落ちる岩壁にきわどくたたされているようなツトム。生きてるうちにこそ会いたい。養鶏所に小麦を運んで鶏卵と代えてもらったり、容易に手に入らぬ切符のために奔走し、餅米をさがして息子の好きな赤飯のおむすび、茄卵、梅干。貴重な三日間をあたふたとつぶした。父親は終りに近い梨畑の剪定をつづけていたが、いつもより和やかな顔をしていた。会津若松までの鉄道の略図もかいてくれた。私はもんぺのポケットに今それを大切にしまいこんでいる。

殆ど止まる駅毎に必ず出征軍人の一団が万歳を称えていた。夏井の渓谷が車窓に迫って来た。深い沢、半分氷とまざっている流水の上にのさばる奇岩、のたうつ奇石、黒く白く、冷気に溶けるとこれまた鉛色だ。むかし私はこの渓流に沿うて、裾を高々と端折って五里近く歩いたことがある。時々透き通る水に浸り、軽々と奇岩をとび越え、忽然と前にたちふさがる雪舟の画を見るような切り立った雲つく絶壁の岩肌のどれだけを根じろにしたか知れぬ松かもみじか、その突き出た枝ぶりと緑の葉色が冴々と中空に生きているのをまだありありと覚えている。その時はポッポ汽車が川沿いの線路を走っていた。

私のわきの男たちはいつのまにか二人とも腕を組んでゆらゆら頭を振って不様に眠りこけている。うまい儲け口の相談が成り立ったらしい。色彩もはっきりしない車内はすごくざわめいているようだが、向かい合った私と兵士の一郭は二人の寝男の防壁で通路からさえぎられているためにどよめきから切りはなされていた。渓谷の風景が過ぎると、私ははじめて向かいの兵士によくよく目をとめてはっとした。あれ程勇気凜々として、ぶち破って来ますと宣言した阿修羅のように頼もしく見えたのが、いまはいかめしい鉛の型が溶けてありありと地金をさらけ出している。赤黒いが冴えない顔色で頬が寂しくこけている。眉だけが毛虫のように黒く粗くいかついが、目は充血してしわしわとたえずまばたく。小鼻が異様にふくれているのが突き出たのど仏と連結してるらしく、どっちも一時にせわしなく出たりひっこんだりするのは乱れている呼吸のせいか。唯一つの所持品である奉公袋を、やり場のないように持ちあぐねてつかんだり置いたり、そわそわしているこの男の胸にうずく孤独、悲しみ、不安、恐怖のかたまりを、心の隅の意地悪いちびっこ悪魔たちがいい玩具にして投げ合っているのだ。兵士は窓をあけて首を突き出して深いため息を吐いた。汽車はまさに阿武隈山脈の腹中を走っている。私はいつも自分からは知らない人に話しかけるということをしない不愛想なたちだが、ツトムのことが胸に浮かぶと急にこの人が近しく見えて来た。

「あの、若松にいらっしゃるんですか」

「そうです」

「私も、むすこが先月入営したもんですから」

相手の態度は少し落ちついたようだ。唇の色がぽっちり赤みをおびて来た。三十五六歳、いやも少し上かも知れない。

「私は今度二度目の召集です」

「――――」

「戦傷で一度帰されました、代りに私より半年遅く出征した弟は上陸間際で呆気なく死にましたよ」

兵士の顔はまた少しずつ鉛の面に変わりつつある。

「御家族は！」

「子供が三人あります。大きいのが十二で、下が七つと三つです」

「奥さんもずいぶん辛いでしょうね」

鉛の面はすっぽりと、その三角形の口から笹笛に似た細い響きがぬけて来た。

「家内は昨年死にましたから――」

えぐられた眼の奥がきらきらした。

「ではお子さんは？」

「六十三の母親が見てくれています。あと十年母が丈夫でいてくれたらとそれだけ願っています。長男の私がいなくなっても、子供たちが、何とか育って、ばあちゃんを大切に世話するのだぞとよくよくいいきかせて来ました」

淡雪のような微笑に、私はうつむいてしまった。あのぶち破って来ますと叫んだ破れ声は、この男のからだ中にうずまくやり切れぬ絶望の火の爆発に外ならなかった。ぶち破るとはめくらの目とつんぼの耳にすり代えられて堪えに堪えてる苦しい重みをぶち破りたいのか、重なる不幸としかいえない自身の運命もろともにこの際ぶっつけ砕いて、つらい記憶の苦痛から逃れ去りたい激突を求めているあきらめきった言葉だったのか。偶然に向かい合わせた未知の一兵士にさえからまりつく限りない悲しみは、凡そ兵と名のつくどの一人一人にもいろいろにこびりつき、取り巻く無力の家族の胸の奥底に音も立てずに煮えたぎっているであろう。

窓外の風景は断続する山、うす氷の張った田圃、霜焼けした森林、赤ちゃけた麦畑、ひしゃげた民家、腐った藁屋根の傾いた庇の下に赤児を背負った鋭く印象的な白髪の老婆が、飽かずに汽車を見ている。山間を縫って遠く遠くさかのぼってゆく曲りくねった道、田圃の江筋伝いに低く低く下り坂の一本の野良道にも人の気はない。これが働き手をみんな吸いあげられてゆく農村沙漠への変貌とでもたとえようか。私は唯ツトムを思った。浮々していた自分がみじめに思われて来た。単調な車輪の軋りと、いくつかの短いトンネルと、どんよりした駅外の乗降客と、くり返して二時間半、郡山駅に着いた。早く目醒めた方が向かい側を叩き起こして男たちは大荷物を背負って立ち上がった。東北線上りと、磐越東西線の十字の拠点であるここはさすがに騒然と大きい。吸い寄せられて又離散してゆく列車の送迎も目まぐるしい。

磐越西線に乗りかえるホームを探してうろうろしている間に、あの兵士の姿はどこかへ見失ってしまった。時間表を見ると四十分近い間がある。粉雪が少しちらちらして、飛行機の爆音がうなりつづける。練習機が駅の上空を旋回しているらしい。からだの芯底まで冷えてくる。太平洋寄りの吹きさらす空っ風には馴れているが、このしんしんと腹から冷えてくるのはぞくぞくとたつ霜柱の鋸刃の針先を連想する。構内の待合室は押し合いへし合いの黒い人だかりで、駅夫が一くべ二くべする粉炭まじりの石炭などでは鋳物のストーブも赤くならない。手袋ごと煙突を握っている者もいる。板敷の腰掛けの隅に漸く席をみつけて、むすびを一つとり出し腹ごしらえをした。星三つの襟章をつけた引きしまった顔の上等兵が私の前に立った。私はたち上がって臆せずにきいてみた。上等兵は黒い眼で私をじっと見て、首を傾げた。はっきりとした標準語で、

「家族の面会日はきめられています。二ヶ月に一回位ですか。その日なら隊の方から通知がありますから、それを持てば営内から自由にはいれます。その外には家族の方に急病とか何かとりこんだ事情が起きた場合に、町村長の証明書を持参すれば面会できるし、一時帰宅の許可も出ますが。下士官以上ならばまた別ですが、一兵卒となるとね」

きれいな歯並みを見せて、必死におどおどしている私の不安をあわれむようなおだやかな顔をした。

「ではたずねることは無駄でしょうか」

私はツトムのはがきを固く信じている。

「いや、当たってみるのがいいでしょう。自分は今原隊から離れているのではっきりはいえません。でも時期ですから万一ということも——」

上等兵は急に誰かをみつけたのか、そのまま足早に私の前を歩み去った。

万歳の声があちこちであがった。雪は一時ホームに吹きこんだがすぐ小降りになった。磐越西線のホームはごった返している。東北本線の上りが鈴なりの首を並べて横手を走りぬけて行った。私は暗い思いの中で何かにかきたてられるように歯がみをした。夢の中で見るあの走ろうとして走れぬ足の重さの喘ぎと同じ苦しい悶えを感じた。ええっ当たって砕けろ。どうにか道は開けるものだ。親の執念でぶちあたれ！　破れた硝子をはり紙でおさえたせまい車輛の昇降口めがけて、私は肩で割り込むように乗り込んだ。はしたなさを恥じるよりも、磐梯山が見られる左寄りの窓の席を占めたことがこの場合には少し嬉しかった。乗り込む客が平駅とは又ちがう。古びた布子《ぬのこ》半てんや古毛布やもじり外套で着ぶくれた上に大荷物を抱えこんでいる。みんな不思議と褐色の土偶に見えてくる。母にもらった肩は少しやけているが厚い黒綾地に繻子《しゅす》裏をつけた舟底袖の短いコートにリュックを背負った私は、まだ見られる恰好である。

喜久田駅を過ぎると、一望涯々の安積《あさか》平野が展開して来た。私は見はるかす果ての遠い白銀一色の平原を初めて見た。阿武隈の裏側が村々の背中にかくれて、雪をかむった羽越山系につながる吾妻連峯が行く手にふさがり、磐梯山嶺で関東としきられた真中のこの開拓平野の漠々たる広がりはどうしたものだ。白いはてに鉛色の空が垂れ落ちている。坦々とした純白ののべ板と見まごうだけに視野は一きわ遠大で、荒涼としてはるかでまたはるかだ。左窓からも右窓からも私は人々の頭越しに、通路に重なっている乗客の胴体の間にまで首を突っ込んであかず眺めた。安積疎水は雪面を割ってはっきりと形を見せていた。黒い堆肥が区画された田圃に点々とぐあいよく配置されて、どこまでもどこまでも、遠い所は一粒の黒豆が空にひっついたように見える。うっすら雪をかぶっているが、堆肥の持つ底熱は根雪をつくらないと見えて頼もしく黒い。点在する農家が僅かなえがかりの大樹の下に沈黙して、頼りない春の季節を待ってるようだ。雪原の中にそこだけが人の息吹きを感ずる点景である。

　雪は止んだ。いく分空が明るくなった。いつの間にか磐梯山は二股の白衣の姿で遠のいてしまった。右手がいやにまばゆいと思ったら、うす青い丘に似たはるかな山稜でふちどられた猪苗代湖が、中央はかげろうでも燃えてるように光ってかすんで、藍色が目《め》路《じ》一ぱいにひろがっていた。路線に迫る小山の低い裾口に湖の凍った舌がゆるく張りついて、そこにも粗末な小さい民家が二棟冷たく見下ろされた。

何駅であったろうか。それは小さい駅だった。窓外に一組の出征軍人の見送り集団が列車を待っていた。葬列の弔旗とも紛れそうな細い白い旗に歓送の文字がねじれて旗竿に巻きついて、細い飾りの赤い布だけが眼にしみた。恐らく遠い山あいの奥の村から歩きつづけて来たことは、雪と泥とでぬりたくられた深い藁沓のくたぶれようで知られた。だぶついた借着でもあろうか、いま炭焼がまからでも出て来たばかりのようなその小さい兵士は、みすぼらしいほど小柄というよりもひねた少年のようにか細く見送りの中に埋没してみえた。これこそ鉛の兵隊のおもちゃそっくりだった。ひどくおどおどと悲しい顔をして皆に頭を下げている。その細い脚に巻かれたゲートルの雪を払っていた女が突如たち上がると正面から小さい兵士に武者ぶりついてあたりをはばからぬ大声で泣き出した。母か、祖母か、生活の苦労にやつれ果てた暗い握りつぶしたような顔が同じような息子にしっかり取りすがって全身をふるわせて嗚咽している。小さい半白の髪の毛がほほけて、うす汚れた角巻きが背中にずり落ち、ずんべ（沓）の重みがこの女の倒れるのを辛うじて支えているようだ。はじめおろおろした息子も堪え切れなくなったか、ひくひくと顔面涙でぬれはてる。実になまなましい真実の出征風景を見た。私は目を釘づけて生きているこの様相に息をのんだ。あっちこっちの窓から薄笑いした顔がいくつもとび出してつるし柿のように重なっている。大切な明日からの糧をもぎとられたにちがいないこの老女の一途な悲しみを心のままに悲しめるひたむきさに、私の胸は新しい傷口のすがすがしい痛みを感じた。とりすました仮面をかぶって人前をとりつくろう自分たちの嘘っぱちな世間体のみえをかなぐり捨てているむきだしたままのこの母子の別れの一幕に頭を下げろよ。一言の口出しも許さぬぶち割ったほんものの人間の極限の悲しみの姿がこれではないのか――。小さい兵は前の車輛に乗った。汽車は無情に五六人の見送り人とこの老母の前を走り過ぎる。ここにまた老母の目はあのえぐりぬかれた鉛の三角の眼に変わってゆく恐怖が私の背筋にぞっくりと来た。

会津盆地に近づくにつれて、車内にはいつとはなく兵隊たちの姿が多くなった。記憶の抜きとられた彼等は、いま目前の軍務にだけの忠実な鋳型にはめられて男臭く活々と笑ったり話したりしている。頼もしいよりもその一つ星二つ星の襟章に風前にまたたく彼等の明日のいのちがふるえているようだ。

若松駅で乗客のあらかたは降りた。予想したよりは粗末で広くもない駅前に立って、さて私は先ず聯隊の方向を知らねばならなかった。うす日の洩れて来た開戦以来まだ一度の空襲にもあわないという古いこの城下町は、連日といってもいいほど敵機の襲来におびやかされ続けている浜通りの私にとっては、何かのんびりした山都にふさわしい透明な空の色合いが心を落ちつけてくれた。駅前通りは街幅も広く、三四尺の高さに雪が両側の家並みの前に掻きよせられて泥まじりによごれて、真中の二間幅位がぴたぴたとしたり乾き上がったり、とに角黒い一条の道がまっすぐに続いている。たまさかにすれちがう兵士の疎らな姿を見る以外、考えてもいなかった名物の美しい漆器の数々を飾りつけた平和な店の何軒かが私の目を驚かした。軍都といえばひどく荒々しい殺風景に想像していたのに、目にはいる人々の顔も凡そ私よりは険しくはない。飼いならされた犬のように柔和でおおらかに見える。兵営は東山温泉に向かう市街の外れときいて来た。初めての街を私は場馴れした旅人のように惑わずに、たまさかに逢う兵士の向かってくる方向、兵士の帰ってゆく方向を一つの目安にして、漸く長い長い大通りを左に曲り又斜めに折れて暫く家並みはどことなく小さく不揃いで閑散になった。そこで私はまず計画通りに一軒の宿屋をみつけることにした。構えは大きく古さは五十年を越してるであろう。がたがたと音のしそうな木造の傾きかけた二階の角に古風な軒行燈を掲げている。玄関もない古い硝子戸をたて並べた広い間口で、硝子戸がもし腰障子であったらさしずめ道中膝栗毛の宿場の構えをほうふつさせる。硝子戸をあけると果たしてむき出しの土間が廻って、だだっ広い板の間に黒光りの段梯子が横様に天井へ抜けていた。出て来た六十がらみの筒袖姿のおやじの光ったつるつるの禿頭を見て思わずほっとした。風体でじろじろ値踏みする女の眼でないのが気易かった。リュックの中から五合の米袋と新聞紙にくるんだ三本の木炭を出して一泊を頼むとおやじの相好は一入くずれた。ツトムに渡す風呂敷包みをとり出して、リュックの紐を結ぶとおやじに頼んだ。

「へえ、いわきの平からなあ、それは遠いところを。なに兵営はこのみちを三町たらずで左に折れやす。営門まではそこから二町ぐれえですぐでがんすから」

　今夜のねぐらはこの安宿ときめた。私はおやじの言葉通りに少し急いだ。柱の時計は二時に近い。前方に雪のねばりついた山の連なりが見えて来た。檜葉か何かの高い生垣の土堤が長く長く続いて、ひどく古びた木造の兵舎が幾棟もその中におさまってちらちらする。正門は閉じられていた。私の胸は急に高なり出した。

　前方から今時珍しく髪の毛を長くたらした少女がしずかに歩いて来た。私は兵営の裏門の方向をきくと彼女は右手で指さして、あの右手の高くこんもりしたところが旧城趾です。あの下から街道に沿って広い練兵場があって兵隊さんが一ぱいいます。真向いが裏門ですからすぐわかります。会津魂と結びつけて考えられそうな無駄をいわぬきりっとした受け答えの十四五の少女に私は何回か礼をいった。

　長い土堤が折れ曲った前面に、少女のいった通りの風景がひらけていた。立木が深いから城趾の石垣も見えないけれど、その背後にひろがる斑雪の残る練兵場には、二百人位の兵隊が円を描いて駈け足の練習中であった。背丈も不揃いなら足並みも不揃い、一目で不馴れな狩立兵の集団とわかる情けない訓練の姿で、指揮官の怒号ばかりが鋭く山々にこだましていた。五六人の人たちが街道に立ってぼんやり眺めていたが、一人去り二人去り、私が近づいた時は裕福らしく見える夫婦者だけが一組じっと立ちつくしていた。遠目ながらもツトムは練習兵の中にいない。主人の方が人なつかし気に話しかけて来た。

「この隊は一月二十七日に召集された最後の出征兵で近いうちにたつそうです。もうこのあとからのは全部内地の守備にあたるということですな」

ではツトムは。私は唾をのみこんだ。

「ああお宅も。私も二十の入営兵ですよ。戦死するにしても国の中で死ねるだけがまだしもですな。女ばかりの末っ子にぽっつり生まれた男ですから、どうもいたいたしくってな。ああお宅は長男で、それは又なあ。ほんに裏門でならあえるということは私も息子から知らされて二人で今月来たんですが、どうも駄目らしいですな。面会人の差入れ物から兵隊に腹下りが広がっちまったとかで、急に禁止されたっちことをはじめてここできいたんです。何とか出来ないものかと思ってあの歩哨さんに頼んでみたんですが、私は首を振るだけでがした。さっきここにいた人たちもあきらめてけえったんですが、私はどうもこのままではね。今夜は東山に泊って考げえて明日もう一度くるつむりです。なに磐城から、そりゃあまた遠方な。何なら御一しょしませんか。軍隊ちうとこは実際考えられないきびしいもんですなあ」

重い土地なまりの語音がひどく悲しく響く。私は脳天から打ち砕かれた思いで膝頭がふるえた。陽は西に傾きかけている。瞬間すべての光りの消えたうす闇の世界に変わるように思えた。宿はとりましたと泣き出しそうな私の声に、夫婦はでは又あしたといってあたたかそうな毛皮の襟のついたコートの肩を寄せあうようにして街道を西に向かって小さくなって行った。

営門の内側に小柄な歩哨兵が一人、銃の台尻を地面に立てて直立している。練兵場の駈け足はいつか二列の縦隊の行進に変わっている。「ウワーワッ」としかきこえない隊長の号令にも彼等の足並みは間違わずに直角に折れて、光線の工合で肩の銃剣の穂先がきらきら光る。しずかだが凍てこんだ風が足元から忍び込んで来た。私はどきつく胸をおさえてつかつかと歩哨の前に近づいてていねいに頭を下げた。息子の所属班名と名前を告げ、私は母親、ちょっとでいい逢わせてくれぬかとやきつく思いで頼み込んだ。と、これはどうだ。小さい歩哨の顔は頭二つほどの鉛の面型に変わっている。その重いくびを憎々しくゆらりと振った。とりすがりたい思いで私は再び同じ言葉を繰り返したが、銃剣は面型に応じて太々しく伸び上がってゆくようなくらくら身ぶるいする錯覚を覚えた。私はたらたらと後ずさりして見直すと、面型は消えて渋紙色した顔の細い目を向け口を引き結んだままはりつけた姿勢である。ここまで、胸一ぱいの思いで辿りついて、一歩一歩営門からはなれながら、私のからだはだふだふした。血が滴りそうだった。私の通って来た土堤を直角に曲って四列縦隊の強い軍靴の響きを揃えて、充分に訓練された姿勢、銃剣の構え、歩調、確かにここの精鋭と見える一個中隊が、どこかで訓練を終わり今堂々と帰営して裏門から営庭へ行進して行く。まことに見事である。最後に馬蹄の響きがしてすっきりとした将校が跑足《だく》で門内にはいった。歩哨は長い間挙手の姿勢を崩さなかった。

ちょっと声をかければかけられる人間はこんなに一ぱいいるのに、それが軍服を着ているというために一言話せる人間はいない。軍律というものの非人間的な味気なさに私はおろおろした。出来ることなら息子の名を呼んで奔馬のように兵舎の中に駈け込みたい衝動がうずく。日は益ゝ西に傾いてくる。私は絶望に沈みながらも一歩も立ち去る気はしなかった。練兵場に続いている厩舎の方から若い兵隊が一人駈け出して来た。はっとした。この機を外さず私はその兵にぶつかるようにかけよった。息子の名前を告げて知らないかと聞くと、兵士は農村出らしいじっくりした健康そうなくりくりした瞳を輝かせて、

「知ってます。自分の宿舎の真上の二階です。自分は馬の方の係りですがいつも顔は合わせていますから」

私の眼はどんなにこの天佑にきらめいたろう。

「母が来ていることを一言つげて下さい」

兵士はうなずいて門内へ駈けて行った。つなげそうもなかった糸を思いがけなくつなげる。私は歩哨がどう思おうと腹を据えて営門から三間ばかり離れた往来にたった一人、まばたきもしなかった。

ものの五分とたたなかった。夢にも忘れぬ息子が、何装用か知れぬくたびれた服にひしゃげた戦闘帽をかぶってぐっと面やつれした姿が現われた。私は我を忘れて小さくその名を呼んだ。彼は興奮で上気した顔を私に向けてから、歩哨の前に直立して何かを言っている。歩哨は背丈が低く息子は長身なためか、勢い肩を下ろしてうなだれた哀れな姿勢で足元だけはきちっと揃えている。反り返って見上げるように何かを説得してるらしい歩哨と、一一うなずきながら頭を垂れている不動の姿勢の息子のとり交している話はここからは一言もきこえない。私は唯日頃口の重い息子が訥々と粘り強く懇願している言葉と、威たけだかに軍規のきびしさを説く先輩兵のきりはなされた拡大図をそこにみただけだ。

姿勢は依然そのままである。五分、十分、長かった。歩哨は上向いて軍帽の下の口を尖らせ、息子は肩を落としたそのままで身じろぎもしない。私は気が遠くなりそうになった。ツトム、母ちゃんと、その位置からでも話し合える距離にいて、私はうつむいた罪人のような息子の哀れな姿を見ているだけだ。練兵場の方では集合のラッパが高々と鳴り響いた。兵舎の方からは炊事当番の兵たちであろう。バケツや桶や柄杓やかごなどさげてざわざわ賑やかに出て来た。さっきからまるまる三十分は過ぎている。歩哨と息子の応答はそこで打ち切られたのか、或いは一応の訓示をたれた以外は黙視していたのかも知れない。歩哨が根負けしたようにゆらりと姿勢を崩した。

途端、ツトムは右手を真横に伸ばして私に合図し、脱兎のように裏門左手の土堤の蔭の小さい建物に姿を消した。私は咄嗟に芝草をつかんで、しゃがんでうす暗い立木の下の土堤を見上げた。息子の星のようなきらきらした眼がすぐ頭上から見下ろしていた。

「大丈夫か、ツトム！」

私は抱えていた包みを投げ上げた。受け止めた彼は、

「心配ねえ。母ちゃん、気いつけて帰りなよ」

そしてポケットから煙草を三つ、ころころ土堤をころげ落としてよこした。それは兵隊たちに支給される粗末な「ほまれ」の白い小箱であった。

「俺は大丈夫だから」

息子の声に見上げると、もうそこに姿はなかった。私は素早く三つの煙草をつかみ土堤を離れた一瞬、馬上の将校が二人土堤を曲ってかつかつと蹄の音も静かにゆったりと進んで来た。私は唯呆けて、ほっとして、この将校と無言ですれちがった。

（昭和二十年春のこと）

水石山

　ある雨の日に、私は混沌の寝起きするわら床の傍の散らかった机の上を少し片づけようとして、端にのっかっているマッチ箱を何気なく振ってみた。かさかさと音がする。またどこかの野の果てで摘みとった野草の種かと思ってあけて見ると、黒っぽい不整形の乾いた小さい粒々が、半分位つまっていた。無論草の種でもなし、砕いた薬草の根粒でもなし、鉱石の重みもない。

「これなあに」

　土壁に頭をつけて向うむきに寝ていた彼は、穴ぼこみたいな目で振り向いた。

「ひばりのクソだ」

「どこの」

「水石山の草っぱら。いじるなよ」

　それきり向うを向いて、問答は終りだった。ひばりといえばずっと前、金色に熟れた広い小麦畑の真中の畝間に、黒っぽい五つの草色の卵が土寄せした茎の窪みの間に、巧みに巣づくりされたこまかい根屑の丸みの中にちんまりと納まっていた。私は子供の頃習った百姓とひばりの話を思い出して、混沌にそっと知らせた。巣の口や卵にさわったかと真顔できくから、ただ覗いただけだと私も真顔で答えた。彼は卵に頭を近づけてよく見、私を畑の外へ押し出してささやくようにいった。

「そっとしとけよ。ちょっと親が巣を離れただけだ。警戒しながらじきけえって来て抱く」

「子供らに見せてえな」

「よせ。ひばりの親がまごつくだけだ」

私はおかしいのを忘れた。自分も一つの秘密な期待にうれしい好奇も手伝って、

「じゃあここは一番あとに刈るしかねえな」

近所の家の畑はそろそろ鎌が入れられている。播きつけ面積の多い私たちは、一番穂波の揃ったここから一足先にはじめるつもりでいたが、陸稲をまきつけておいた不出来なはしの方から鎌の音を静かにして、親ひばりに気がねしながらごそごそ刈りつづけた。ばかげたはなしだとは思いながら。

三日目、卵はかえった。天にとび上がる親ひばりの声が一きわ高かった。早くかえっ

たことが早く巣立ちさせることになり、それだけ麦の刈取りが進められる。私たちは何となくほっとしながらその声をきき、弾丸のように畑に降りる親ひばりを眩しく見た。

私はその時きりで、又暇も惜しくて、神妙に覗きもせずに素通りしていたが、彼は毎日忍んで見つづけていたらしい。子供たちの姿の見えない時、

「爪先立ちで麦にさわらねえで、そっと見て来い。五匹とも口をあけてっぞ」

いわれた通りに私は黄金の穂のぞっくりしている畝間に身をかがめた。こそとも音はたてないつもりなのに、雛は敏感な習性からか、動く気配をかぎとって一斉に口をあける。毛も生えない赤い肌に、翼の骨子となるのか黒ねずみ色した三四本の羽のようなものがくっつき、小さな頭の上に二三本濡れたような毛をつっ立て、小汚なくもぞもぞと寄りかたまってその五つの首筋をもたげ、のどの奥まで嘴をひらいて目は閉じられたまま、本能の食慾に促されているグロテスクな姿は義理にも可愛らしいとはいえない。私は手で口を押さえて這い出した。

「鶏の雛なんか羽が乾くとあんなにきれいで可愛いのに――」

笑いを爆発すると、

「鶏とは卵の形がちがあ」

私の笑いを軽蔑するようにむっとしている。この人はひばりが好きなんだ。だから気

味悪いあんなかたちでも可愛いんだよ。私はそうきめると、さっさと鎌を研ぎばりばりと勢いよく刈り続ける。おくれればば近所の手を借りねばならぬ。出来れば晴間のつづくうちに刈り倒し、たばねて乾かし脱穀機にかけたい。梨畑の梨の袋も半分はまだふさがらないのだ。気は急いている。私はひばりの子は意にかけないで、金色の畑を片はしから刈り伏せていった。二度ばかり弱い梅雨があって、又からり晴れ上がった。混沌は朝食をすますと、後片付けしている私にいった。

「二間四方、な、二間四方巣のまわりを残しておけよ」

私は腹の中でくすりと笑ったが仏頂面したまま、

「まだひばりがいんのけ」

「すっかり羽が生え揃った。今度はめんごいぞ。飛び立つのも近えべ。飛べなくても歩いて餌さ探しは出来る。藪ん中さかくれることも出来っぺ、もう安心だ。飛び立つまでそっとしておけよ」

「ばかみてえに畑のまん中さ二間ばかり刈り残しておくなんて、ひとに何だと思われっぺ」

頰をふくらませながら、でもやっぱり私もその時はぽっかりと朗らかに抜けている。適期のみのりを刈り残しておいて、こっそりその巣を覗き込んだ。あの赤い肌の子ひばりは巣一ぱいにもり上がり、びっしりと頭の毛は生え、黒い目玉はきろきろと丸く、嘴は灰色に固まりしっかりと閉じ、翼は伸びて羽づくろいして胸毛をのぞかせ、唯飛び立つ強靭の筋金をきたえはじめているようで、その成長の素早さを見せてくれた。私は手を伸ばして一羽を抱きとりたい思いがした。空で旋回する親の鋭い叫びがふりおちてくる。まずいと思ってあわててそこを去った。が、翌日はもう巣は空になっていた。私はその麦をきれいに刈り取り見通しのきく広い畑にした。すぐに小豆を播きつけねばならぬ。雨風にさらされた灰色の古巣は、それでもしっかりと形を崩さず手頃の弾力を持つ。子供たちに与えると彼等はそれを丸めてボールにしてきゃっきゃっと投げ合った。

水石山のひばりの糞とは極めて混沌にはぬくぬくと結びつけられる不思議ない微笑を伴なう。私は温みかけた高原の澄みきった空を思い描いた。自由に垂直に舞い上がり舞い下がり、待ち焦れた春の歌を高々とうたいあげながら、どん慾に食をあさり、焔のような生殖を営み、安らかにひなを育てた。その深々とした丸い古巣のあたりからでもみつけたらしい厳粛な生の実存のしるしである小さい糞の粒々。それをうすあかりのようなよくも見えない目で丹念に拾い集めて、マッチの空箱に入れてポケットにおさめた。牛の背のようななだらかな水石山の草原の緑に埋もれて、ひとりひっそりと空を眺め、雲の行方を追い、耳に山風の音をききながら、余りの静寂の中故に却って日頃の生きる疲労と精魂の孤独が身にしみて、或いは心の一部を妖しく苛立たせていた彼であったかも知れない。然しマッチ箱を手にしたその時の私は唯単純に笑った。まるで幼児同然な飄逸な阿呆らしさにしか思えない。

「おらも一ぺん行ってみてえな」

何十年好間に住んで、私はまだ水石山に一度ものぼったことがなかった。四季折々に色彩を変える山嶺はいつも視野の端におさめているのだが――。混沌は十指で数えきれない程その山にのぼっている筈だ。だが彼の返事はない。いくら働いても追いつけない生活の貧窮が、お互いの性格をひびいらせていた頃で、ひいて憎悪の烈しい無言のたたかいは、ある時は瀑下する滝のように猛りほとばしり、ある時は大川の水底深くしずもりかえって、しずかに身のほどをふり返りながら悲しく悔い合う。

十一月の晴れた朝、梨畑の棚には数えられるほどの朽葉がちらほら残っていた。梨の収穫も終わり麦のまきつけも終え、搾乳のすんだ二頭の乳牛は牛舎で朝日に尻をあたためながら餌を食んでいる。子供たちはそれぞれの学校へ行った。息子だけが口笛を吹きながらすべての処理をしている。水石山の頂点がうす茶色に枯れて、遠目には至極あたたかそうに私をひきつける。彼が独居する梨畑のはしの小さいわら葺小屋の扉の前にたって、私は誘いの声をかけた。

「かぜをひいたから、今日は駄目だ」

確かにかざ声らしいが至極素気ない返事がかえって来た。それがほんとうであっても、私には私を寄せつけたくない彼の冷たい仕打ちとしか受け取れなかった。私は覗きもせず黙って足早に立ち去った。足はひとりでに坂を下りて好間川の川べりに出た。山の偉容がどんなに私を誘ってくれても、海育ちの私はひとりでその中にわけ入る勇気がない。反対の方向の町へ向かってはいるが、町の喧騒にとび込むことは更に厭わしい。糞でもくらえと胸の中では恐らく彼へ向かっての憎しみであろう。むらむらするものを押さえつけながら、まるで反逆の爽快におどらされるように早足で、村を横ぎり、鬼越峠の切り割りを越えて隣町に出たが、いつか見た高台の広い梨畑地区は住宅団地に切りかえられはじめて、赭い山肌が痛ましくむき出していた。

どこをどう歩いたのか、目当てもなく憤りみたいなものを抱えただけで、出来るだけ人の通らぬ田圃を辿りとある川岸の細い堤防に出た。川には背丈もかくれる葦が一ぱい両岸から川中まで生え茂って続いている。その少しばかりの隙間をもうもうと湯気のたつ流れが葦の中をよどみよどみ動いている。遥かに前面に平の市街が見える。右手は広い田圃つづきの向うにA村の低い村山が長々とうねり、人っ子一人通らない平原の中の堤防がどこまでも葦とすれすれにその間につづいている。うっすらと湯気の立つ川水は磐城炭坑の坑内から排出される廃湯らしい。そのぬくもりのために、葦はまだ葉の緑が枯れないで生々しくそよいでいるのが季節に外れて何だか恐ろしくなった。どの位その寂しい葦川はつづいたろう。くねくねの堤防をのろのろ歩くうちに、私の胸はすっかり頼りなくへこんでいた。何のためにこんなみちを歩いているのか、つまらぬ意地につまずき出した。どこを歩いても同じことだ。どの山もどの道もどの家も結局は無縁の空しさしかない。やっぱり戻ろう。戻ってあの山腹できびしい冬を迎える仕度にかかろう。そこがどんなにつらいところであっても心だけは落ちつける。泣き笑いしながら生きてはゆかれる。私はぼんやりと町へ出て、魚屋の店でいきのいいサンマを買ってバスにも乗らずに歩いた。疲れてはいたが人に顔を合わせずに歩くことの方が心が乱れなかった。まだ陽の落ちないうちに私は何気ない顔で小屋へ戻った。

　さんまを焼いて夕食に出すと子供たちは喜んだ。混沌の姿は見えない。おかしなことに私たち家族の間には、いつとはなしにお互いに煩さく立ち入らない至ってそっけないものが生まれて、成長し保ちつづけられているのが時に救いになる場合が多い。どの子も私が今日一日家をあけたことを聞き出すやつがいないのが煩わしくなくていい。混沌の小屋にはまだあかりはつかない。どこを歩いているのかと思っても息子も知らないというし、私もまたくどく聞きたくない。朝になれば散り、夜になれば顔を合わせる。私たちの生活の連鎖はいつも同じリズムであった。

夕食を終えて暫くして、疲れきった足どりで這入って来た。上がりかまちにどっかり腰を下ろすと、不逞な顔した私を見て静かな声で、

「けえっていたのか、よかった」

といった。軽い咳を二三度した。何もしゃべらず黙って残りの夕食をたべて小屋へ戻って行った彼に、今度は珍しく私の方が気がかりになった。台所をかたづけてひっそり戸外へ出ると、五日月の仄白い光りが細いみちをうっすら浮き立たせている。その先の小さい窓に豆ランプがともっていた。ひどく遠い気のめいる佗しい感じだ。私は黙ってがたぴしする小さい扉をあけた。わらぶとんの上に横たわったまま、うす暗い光りの中でノートをひろげている。私は窮屈な入口に腰かけたまま自分が今日歩いた行程をぽつぽつ話した。話さなければ悪い気がした。背丈もかくれる緑の葦の乱生した湯けむりの立つ気味の悪い川の話をしたら、突然起き上がって、

「いけねえ。あそこは不良の溜り場なんだぞ。人殺しもあった。喧嘩、ばくち、強姦、昼間でも女なんどの歩く場所でねえ」

「でも水石山へのぼる道は知らねえし、どこを歩いていいか、出来るだけ淋しい場所を歩いてみたくってね」

逆《さか》ねじをくわせるつもりでずけりといった。

「俺ぁ今日、おめえを探して歩いてたんだ」

ぎっくりして振り向いた。

「ここから離れていくおめえの足音をきいて、じっとしていたら、ひょっとすると二度とあの足音がきけねえんでねえかと思った。そんな気がした。やりかねねえ気性だし——」

「まさか」

私はかたい微笑をした。

「水石山さ行って来たの」

「いいや海だ」

意外だった。

「新舞子の砂浜だ。ひとりならきっと海さいぐにきまってると思ったからな」

「海ね」

「新舞子の海は広い。きれいだったぞ。豊間の燈台を右手に、砂浜が広い。松原が見事だ。いまだに昔のままだかんな。港化した小名浜とはちがう。おめえはきっとひとりで砂丘にすわって海を眺めていると俺は思った。何としてもそんなふうにな。何十年ここで働れえて土塗れになりきっても、おめえの性根《しょうね》にはまだ海が残っている」

「ああ、『老人と海』が読みてえよ。今でもね、白髪を振り乱して、はだしで渚をびたびた波にずぶ濡れてひた走る自分の凄いおわりの幻想を考げえることもあるしね」

「おっかねえことをいうなよ。月夜の浜で、浪と合奏したって昔のはなしは素晴らしかったでねえか」

おや、自分はすっかりそんなことは忘れていたのに、この人はまだ覚えている。私は笑い出した。音楽好きな友だちが、小型のオルガンを自分で砂浜に運んでくれて、浪の音と合わせてみろといった。明るい月の下で、黒紫の夜の海を前にして、何も知らない私は唯手当り次第に半夜鍵盤を押し続けた。楽しかった。それは春だったか秋だったか人気のない季節であったことと、潮のしめりにキーがさびつきはしないかと案じながら夢中で指先を辷らせた、娘の頃の話を一度は混沌に伝えていたようだ。

「くすぐってえはなしだわ。すっかり忘《わっ》せっちまった」

「きれいな思い出は無理にも残しておくもんだ」

私はたち上がった。淡い月明りの中には醜い心の毒はかくれてしまった。

「心配かけて——どうも」

「いや」

彼もてれ臭そうに笑って、

「ばか、行ってねむれよ」

といった。

それっきりのはなしで、海も山も二人でさまよう機会には、とうとうめぐりあえなくて終わったが。


新盆の済んだ八月の十六日、私は思いもかけず水石山の山頂を踏んだ。それは遠くに離れ離れに住んでいる息子や嫁や孫たちが送り盆まで残った者だけで最後の墓参をすませてから、おやじの好きな水石山にのぼろうと誰からかいい出し、私も同行ときまった。マイカーなぞどうでもいい。一歩一歩杖に頼って歩いてでも連れがあったら私はのぼりたい。二台のくるまに十人がすしづめに乗った。墓地からまっすぐ平坦な四十九号線を伝って、またたく間にその山麓に着いた。すっかり観光化されてしまって、きり開いた山道は砂塵をあげて何十台もの車がすれちがう。観光バスも上下する。息子たちの運転に不安はないが、迂回しながらゆるいらせん状に上ってゆく視野は、時に明るくなったり暗くなったり、それでひどいおどるような揺れ方だ。

山頂は霧が深く、湿気を含んだ海風が視界半分を覆い流れ、空も太陽も、太平洋も下界の展望も、濃い乳白色に塗りつぶされて、悲しいかな視野はさっぱりきかない。でも高山を知らない私には不思議と思う位、まるで立ち割ったように霧のたゆとう中央から西半景は、はっきりと阿武隈の連峯が濃藍色の肌をいきいきと、黄色い薄日さえ映えて目近に迫る。私の心はひとりでにはずんだ。想像していたよりは少し禿げちょろけの多いスロープの緑。だが広々と目路は楽しく雄大にはるかだ。たしかボルヒェルトの短篇だったと思う。私は忘れられない一章の記憶がある。毎日三十分の運動にひき出される死刑囚人が、ある日通路の傍にみつけた一輪のたんぽぽの黄色、ああこれは生きている。自分よりもきっと長く生きつづけられるだろう。憎らしいほど羨ましいけれど、何で又こんな場所をえらんでいじらしく咲いたのだ。俺の前をつながれて歩いてゆくなかまたち、どうかよろけてあの花を踏まないでくれ。必死の思いで咲いたそのいのちを終りまで生きさせてやれ――。それのように、スロープの敷きつめた青草の毛せんの中に、たまさかに細々と咲いた撫子の田舎びたピンクの花がしおらしく揺れている。この高地の上のその色合いの可憐さをそっくりそのまま通り過ぎたい私の目の前で、観光の娘たちが奪い合うように争ってむしりとるのを、私はいたましい思いで唯眺めた。今はひばりの季節ではない。さてその巣は、そしてその糞は！　たたずむ山嶺にしめっぽい霧だけが流れている。

放牧された何十頭の馬が悠々と群れていた。空を区切る稜線の向う側にもこちら側にも群れているらしい。黒毛や栗毛の多い中に一頭だけ気品高く白馬が目立っている。ところどころに短い松の木が生えていて、自ずとに人間共との境界の役目をしているようだ。物珍しいので私は一本の木の根方にたって馬の群れを眺めた。と、どうしたことだろう。栗毛の肥え太った馬が一頭、群れを離れてひたひたと根方の私を目がけて歩いて来る。色とりどりな観光客の中から、土臭い私を鋭敏に見分けたか嗅ぎ分けたか、根方を離れた私に迷わずに寄って来る。さてはお前の飼主にも私によく似た婆さんがいて見まちがえたのかい。馬には馴れないが牛には馴れている。私はすり寄る馬を待った。たてがみを押さえ鼻づらを撫でると、私がよろけるほどの力で吸いついてくる。青草を充分にたべて肥え太った若駒だった。毛並みがすべすべ艶づいて、その大きな目の玉が澄みきって空を映している。美しい。雪の降る前には飼主のもとへ帰って精一ぱい働けよ。私はふっさりと分かれたたてがみを撫で分け、しめっぽく濡れた黒い鼻面をも一度さすって、うるんでるようなその若々しい瞳をのぞいた。

――これは或いは混沌の魂かもよ――

私が水石山にのぼったことを喜んで、何かを語りかけようとしている人なつかし気な瞳みたいでないか。一瞬指先にあたたかい血の流れるような気がした。頂点近くで孫たちが私を呼んでいる。私はやわらかい馬の胴腹をぽんと一つ叩いて、しっと追った。馬は素直に尾を振って群れの方へ歩き出した。

水石山の標高の岐点、三十センチ立方角の台石の上に私はたった。いわきを取り巻く山なみで一番高所のここに今ぽつりと小さい杭のように。霧がはれて淡い青空と白雲が組み合うように高い頭上にただようている。見上げて目に入るものがない。まさに私は今王者だ。無一文の清々《すがすが》しい貧乏王者だ。思わず胸を張ってくすりと笑ったら、息子がぱちりとやった。

白い円形の展望台にのぼって、私ははじめて阿武隈山脈の空一線を南から北へゆっくりと眺めた。遠目には濃藍一色にしか見えなかったそれが、実に複雑な起伏、色、線、幾重もの厚み、直、曲、斜線のからみあいもたれあい、光りと影の荘厳な交錯、沈黙の姿に見えていて地底からの深い咆哮、いつもしずかで変わりばえもしない山容の一点一郭に瞳をこらせば、みなぎる活気が一面に溢れているようだ。ここで見れば、山は凄じく生きているのだ。ここからは見えない山蔭の、その山奥の、その山峡の、その山底の町から村へ、村から字へ、道は幾条にも分かれ分かれて次第に細くなり、やがてくねくねの小径となって、最後の藪蔭の百姓家の軒下に消えて終わるだろう。かつての混沌がよれよれの上衣に重い雑のうを肩からさげ、すりへったドタ靴をはいて、やあとその暗い入口をさしのぞく。

深夜バタバタと俺はこのみすぼらしい百姓家を叩きおこした
みちはつきたから
これからだ
祖父《じじい》は起き出して来た
そして俺をうちへ入れた
これは目茶苦茶な車輪同様
ぶっちがえて
ながくのばした足だ
鋸《おが》くずを燃した
炬燵を真中に二三枚の蒲団を着
もたもたと子供がいた
それにまた乳呑児を持っていた嬶
底震いする二人の親達
三十円の小作料払えねえ

腐れた雨、酸性土、くゥら虫
くろつち
つくつくつくつくる
ひょろんとやせさらばいたよろよろとよろめく親父
またその嗅
壁紙のふるえる側で語った

彼が歩いた道は、福島県内をぐるぐる何千里とつづけられただろう。五年近い歳月を、いわき双葉相馬の海岸線は殆ど隅から隅まで、阿武隈の裏表、安積平野から白河高原の県境、猪苗代から奥会津まで。いつも人と人とがいがみ合う田畑の中で、血走る目で憎む山道の境目で、吐息つく青ぶくれた小作人の上がりかまちで、見、聞き、話し、菊竹山を忘れて遠く離れた道から道を歩きつづけた。見知らぬ顔と向かい合ってた。それは彼が好んでえらんだみちともいえるし、農民の生活の中にわだかまるガンのような古いしこりを少しなりともときほごすつらい根気と勇気のいることだが、誰かがそこで救われる謙虚な仕事に彼が酔うてることを、私は決して否みはしなかった。が、これだけはどうにもならぬおいかぶさる自分の肩の労苦に耐えて耐えぬくうちに、いつしか家族のためには役立たぬ彼。もう今は、これからさきもこの家を支えるものは自分の力だけを頼るしかないという自負心、その驕慢の思い上がりが、蛇の口からちらちら吐き出す毒気を含んだ赤い舌のように、私の心をじわじわと冷たく頑なにしこらせてしまった。

だが今は思う。彼が忘我の足跡は、谷間のくぼみに溢れる清冽な清水のようなものではなかったか。自分がその清水に酔い、そこに向かっていろいろな手があっちこっちからさしのべられ、僅かながらも希望の滴となって皆で一しょに微かに息づかれた。日がかげれば山の峡間のあちこちから、細々と夕食の煙が立ち上るだろう。今も悲歎、情愛、憎怨、死生など避けられない生活を無限にその山ひだにかかえて。だが遠目に見れば濃藍一色の阿武隈山系！　いつか私が誘うた時にここで二人で眺めたら、（あの山蔭にはな）（黒く見える森のうしろに悪どい奴が）（川沿いの田圃で大喧嘩があってな、植えるしりから苗を引っこ抜く）など例の調子で、見知らぬ貧しい仲間の浮彫りの姿を、彼自身の口からぼそぼそきけただろうに。しかしある一時期ではあったが、網の目のような細径の結び目に、清水の点滴を落としながら歩きつづけた彼の足跡を、青田の一枚が、山林の一郭が、開墾畑の赭土がよく知っているだろう。

展望台の鉄柵にしがみついて茫然としている私に、いつの間にからせんの階段を下りて、緑の草地にとぐろを巻いた息子や嫁たちが、一本のファンタとぶどうの一房を高くかかげて振りながら、私を呼んでいる。

（昭和三十年秋のこと）

夢

私は夢を見たと物珍しくいうことさえがおかしい。目醒めて明るい昼を見るのと同じに、眠ればたとい僅かのうたたねであってもきっと夢を見る。生まれてこの方この慣習は一夜も破られたことはなく、いわばまるで連なりのない二つの世界に生きている自分を妖しく突き放して眺める、も一つの薄気味悪い自分の影を持つ。

夢に色彩はないものだと誰からもよく聞くが、なぜか私はいつもそうとはいわぬが、大抵は鮮烈な色彩を見るのはどういうことなのか、青、赤、緑、褐色。目醒めてからの正確な脳裡には、爛々とした明るさに記憶までが打たれて薄れかげるせいか、それは色彩であっても光彩ではないようだ。照りがなくかげりがかぶさる。だが夢みてるその最中は、自然で見るそのものよりも部分が切れ切れに象徴されるらしく、その鮮やかさは一きわ眩しい。そしてその風景は現実でみたものは一つもなく、全くはじめて見る新しい景色ばかりなのが購《あが》なえない収穫になる。

滴る緑の涯《はて》しない森林、火のような空、砂を孕んで白い牙を嚙みながら折りたたんで崩れる浪頭、黒碧まだらに沖の果てまで荒れ狂う海原、帆布を紫色に染めて沈みかかる船。黒と白との石塔のかっきりした段々の墓地、朱塗りの輪塔、金色のかざり。頭蓋にちょんぼり曲り松などのせた黄褐色の岩肌を見せた海岸の絶壁のつらなりはよく見る。どこまで続くか涯しない遠景、夕陽を砕いた海面と白い砂浜とがひろがって、どうやら人の足跡らしい二つが交互に点々と鮮やかにどこまでも深く黒いしるしをつけて次第に消える。一面の濁水が股の辺までとうとうと溢れて、息せき切って這い上がるそこは、いつか菊竹山の原であり、畑の緑は水の下に沈んで何一つなく、立ち並ぶ梨の太い幹だけが水の上に一面の枝を拡げているが、枝々には一つの実もなっていない青黒い葉っぱばかり。不作の絶望に生活の重荷がかぶさり、息苦しく呻いて夢から脱け出る。寝返りして大息を吐く途端に夢の筋道はおぼろになるが、色彩だけは引き抜いたように色濃く残る。それでいて不思議に点出される人物だけは動きと目鼻立ちはわかるが、茫として色は感じられない。

色彩を伴って私の見る夢には、又念力の自由さがはばたくからおかしい。たとえば荒涼とした深い山峡などを心もとなくさまよいながら、人恋しいと思う時には必ず見たことのあるような貧しい村人などにめぐりあう。何か危険が身に迫り、逃げるには足が重くすくんで立ち上がれない。ああ何かが自分の足へ手をのばして来る。生命が危い。だがこのまま死ねるものか。とび上がりたい。自分のからだはきわどい瞬間地面をはなれてもがきながら空に飛び上がれる。そら飛べる。飛びたいと思う時飛べなくてどうするものか。私は両手を翼のように拡げる。からだはふわふわと浮き上がる。目には見えないがお伽の空飛ぶじゅうたんにのっかったような安定さでぐんぐんと浮揚する。私を亡びに引きこもうとする何ものかを眼下に見下ろして、丸々した緑の坊主の山頭が目の前にいくつも並んで迫ってくる。これは夢だ。夢の中だからこそ思うままに自分の力が力を生む。夢を見ていながらこの超現実の力は夢だからこそ叶えられるのだと私ははっきり思う。

　青白く貫く雷霆《らいてい》の凄い火柱が天と地へ垂直に私の真横に立つ。もう駄目だ、今死ぬのだと地面に突っ伏す。が何事もない。火も音もどこかに消えている。こんな夢は幾度見たか知れない。そして或いは自分はほんとうに雷にうたれて死ぬのではないかと予感めかして本気で考えたこともある。住む地は高原であり、周囲には丈高い松や檜の梢が天を指さしている。おどろおどろの雷鳴位では、私は滅多に鍬や鎌や草掻きなどの伝導物を手放す暇が惜しい。仕事への執念しか持たぬ図太い根性をひそかにおそれたことがある。

その夜見たものはよく見る広い浜辺であった。その概景は確かに私の生まれ育った小名浜の海であることは、一里近い入口を抱えこむ両端の岬の形でおしはかれるのだが、あのさらさらした銀白の砂浜の色が不気味な暗褐色でじっとりと湿りを含み、一すじの川らしい流れが黒々と布のように幅をひろげて海に続いている。これは小名川だなと私は夢の中で確認する。そのさきに灰色の海の波はのたうち、ねずみ木綿の空は僅かにはためいて覆いかぶさっているのだろうが、暗澹一色！　何か妙なぬくみを持つぬめる褐色の砂浜だけを眺めると、形の知れぬ幽鬼の踊り場にもふさわしいあやしい妖気をたちこめて迫ってくる。だが、ふと地面に目をつけて、私はうすい幾条かの生え出た植物の芽のようなものに気がついた。紛れもない陸稲の芽だ。くるりと葉を巻いて先を尖らし、ぽつぽつと地殻を突き破ってうす緑のさわやかな線を引いている。左を見ればその畝々は見通せないほど遠く、後を向けばはかり知れない幅を拡げ、右は茫々とさえぎるものもない畝間を揃えてひらけた一面の陸稲畑だ。褐色の砂浜はいつか雨水のひいた乾田に変わっている。

あの種まく人（混沌）は私の知らないでいる間に、いつこんな広い陸稲畑を拓いて播きつけていてくれたのだろう。（刈ることにはうといが、播きつけの種ざるだけは私にも息子にも任せず、老いて足元のよろよろする迄、ぎっちりつかんで自分の手から種をおろした。だから私たちは種まく人と名づけていた。）光りもないのにその陸稲の畑は広漠たる平原の豊かな様相を備えて、希望で一ぱい明るく見えた。それは奇異なことであって、ちっともおかしいことには思えない夢の中での真実の形であった。私は嬉しくてその人が播いて行ってくれたこの淡い芽を、緑から金色に変える努力は自分がやらねばならぬ大仕事だと沙漠のようなその砂浜を見渡した。前は時折り白く歯がみする真黒い海だ。波音は聞こえただろうか。どこかに種まく人がさまようているような気がする。確かにする。いやもうあの人は通り過ぎてしまったのだとそのはっきりした意識だけは夢の中に凝固として溶けこんでいなかった。

私がこんな夢を見たのは、たぶん前夜ギリシャ神話の冥府の章を読んで眠ったためかと思う。死ねばすべては空《くう》さとあっさり割り切っていた自分が、何かさばさばしきれぬ、危っかしい目には見えぬがつながるものを求める。この心境が怪しいものだ。神話には冥界への入口は五つの流れがあるとしるされている。ステュクス（冥界を境する川）さしずめ三途の川といえよう。アケローン（嘆息の川）、コーキュートス（号泣の川）、レーテー（忘却の川）、ピュリプレゲトーン（火の燃えている川）、そしてその冥界の一番奥深い底無しの奈落がタルタロス。いわゆる現世で罪の数々を犯した極悪人の霊魂の落ちこむ無間地獄だ。私は面白くて覚えこもうとしながらそのまま夢路におちこんだらしい。

ある時、酔っぱらった親しい混沌の友だちから、私ははっきりいわれたことがある。

「おめえは極楽へはゆけねえぞ。きっと地獄さおちる人だ」

おそらくはそれが本音であろう。それほどに私の日頃の孤独冷酷な生き方は、周囲を凍らせ苦しませ、涙を与え憤らせていたのだろうか。つらいが決して間違いではない。

いつか私は混沌と死後について笑いながら話したことがあった。

「たぶんおいらよりあんたは先に死ぬべがね。極楽の蓮の葉の半座を分けて待ってなどいねえでおくれよ。死んでからまで喧嘩はしたくねえもんな」

「俺も厭《や》だ。むっつりしてにらみ合ってすわってるなんて助からねえ。俺はな、ひとりでひろい葉っぱの上さゆっくり寝ころんで、空を見たり鳥の声を聞いたりしてうつらうつらしていてえ」

「とすると、おいらの葉っぱは居心地のいい別のを探さねばなんねえな」

混沌はたまらなさそうに笑った。

「おめえのものなんどあっけえ。道が違あよ」

「じゃ俺《おいら》は地獄行きけ？」

「えんまの前でぽんぽんがなれよ。だがさ、案外にえんまに惚れられるかも知れねえぞ」

私は眼をむいて、

「えんまに惚れられたら光栄だね」

「おめえはよく働くかんなあ」

私は思わずしんとしてしまった。

たぶん梨畑のむしろに休んで、ひどく豊作だったその年の累々とふくらんだ果実が、見通せない梨の枝々を埋めて梨棚も沈むばかりの豊かさに、私たちの心は珍しく和んでいた時であったためと思う。


いちばんむずかしいことで、だれにもできること　　（こんとん）

ふしぎなコトリらがなく
はながさいてくる
どういうものか　ひとのうちにゆくものではない
ひろいはたけにいけ
きんぞくのねがするヤマはたけにいけ
まっしろいはたけへいけ

そこでしぬまでとどまれ
あせってはならない
きたひとにははなしをしろ
それでいい
クサをとりながらつちこにぬれろ
いきもはなもつかなくなれ
これはむずかしいことだが
たれにもできることだ
いちばんむずかしいこのことをしていけ
いちばんむずかしいなかでしね

恐らくその死に近づいていた頃だろう。見えない目で、唯頭のしんで書きなぐったようなその文字ならぬ文字の中に、とうてい私にはついていけなかった深い彼の孤独の意地を見た気がする。心平さんは酔って、「何もいわなかった奴、孤独な混沌は日本でもいや世界でも稀少なばかだ」と大声で叫んでうなだれた。その稀少ばかの麗らかさが、むかし宗教と詩作と病苦の板ばさみにはまりながら苦しんだ暮鳥の、ひたむきな凍てつく北風と無理なくうまくとけあったことに不思議はないとほっかり思う。支流が本流にすらすらと合流するように、ほんとうのばかの手は至極握り易く温かく、幼児のように理屈なくむすび合えるものと思う。暮鳥が五年間、しかも辛酸にみちた生涯のうちで一番生命の火を燃やした平で、今その名だけを知る者は多くとも、在平当時の彼を知る人は少ない。当時にぎやかにとり巻いた青年男女の大方は殆ど故人になってしまっているし、まして『聖三稜玻璃』の初版を読んだ人など指を折る程もないだろう。暮鳥と彼との交流は三千六百日だ。暮鳥が職を追われ、血を吐き、飢え疲れても生と仕事への意慾の夢を満々とふくらませて飛び込んで来た最後の希望の地、菊竹山での生活はたった七日間、みじめに崩されて村人に追い払われ、茨城県磯浜にたおれた。暮鳥がさいごの生き場所とここをえらんで、心をはずませ、詩誌「苦悩者」の中に発表した山居前記の中にしずかに書いている一節を、私は空んじる程忘れられない。

自分はその山上であるいは死ぬかも知れない。何もしないで、希望も構想もその形とはならないで。しかしそれでもいい。それが運命とならら、自分はよろこんでこの自分を与えよう。そしてながながとばったのようにこの足を伸ばそう。ああ生きて多くの苦しみを与え、なげきをかけた肉体よ、けれど「生《いのち》」は滅びはしない。自分はこの

信念の上に生きている。　　　　暮鳥

ぬるま湯の中でいい加減に泳ぐことをはじき飛ばした暮鳥もまた稀少なばかの一人であったかも知れない。

私は三年前の春、埼玉県までの所用の帰途、はじめて磯浜を廻って大洗の海を見た。夕凪とはいえない波浪はうねりを高めているが、縹渺《ひょうびょう》とした沖は銀灰の水平線が、夕日の見えない薄曇りに曇った空とかっきり組み合っていた。低い砂丘が勝手な姿で盛り上がって、うす茶色に広がる砂浜が波打際まで私を誘惑する。杉皮葺きの漁師の家とか、波にさらけたねずみ色した小さな曳舟の幾隻とかが存在する浜なら、その誘惑に完全に私は負けただろうけれど、そこにはあくどい色彩を塗りつけて小旗までひらめかしているそぐわないドライヴインがある。漁師上がりの俄商人と見られる男たちが戸板まがいの台を並べて、乾物や貝や海草やをぎっしりのせてどら声で客を呼んでいる。道路にはぴかぴかしたマイカーが幾台も停車して、身ぎれいな男や女がはしゃいで海を眺めたり、カメラを向けたりしている。手当たり次第に手につかんで気前よく蝦蟇口の金具を開いている客種の中を、ぶらりと一わたり歩いてわかめ一袋にも手をつけぬ私を、商人らはケチ婆めと侮辱した眼で見ていたようだ。

買いこんで来た苗木や鉢物をぎっしり車台につんだ場ちがいのするうす汚れた私たちの小型トラックを、光り輝く乗用車の群れから離して止めておいて、視力のうすい私に代わって、息子は向かい側の伸びの悪い黒松の疎らに生えた丘陵の下をあちこち歩いて間もなく叫んだ。

「あそこだ」

中腹の小松の蔭に暮鳥の黒い碑が見える。私たちは道路を横切り松の間を急ぎ足でのぼった。潮風でこじれるよりも、大方観光客の足で踏み固められるためであろうか。碑をかこむ松はどれもいじけて生気なく縮かんでいる。だが碑だけはやや古びた丸い台石の上に黒く落ちつき、碑面は雄大な大洗の海の真中をおっとりと見下ろしている。私は何ということなく碑前にうずくまって、かさかさ松の落葉を撫で、その中の名もない草を二三本むしり、たち上がって碑肩にぴったりと右手をかけて暮れなずむ海の波間をぼんやりと眺めつくした。碑文の文字のように誰かひょっくりそこらから来て出会いそうなたそがれの佗しさで、私の指は固く碑のはしをつかみしめていたと思う。

それは真実の出来事であったのに、何だか遠いもう何もかもすべてが私の見る夢の中に浮かぶ一つの鮮やかな点描であったように今は思えてならない。

（昭和四十六年春のこと）

凍ばれる

四十年前、北海道へ移民して開拓に挫折はしたが、代りに詩集『移住民』を残して死んだともだちについては、様々な思い出を忘れはしない。この菊竹山に骨肉以上につながれている書かねばならぬ遠い血みどろの思いを、いつもはかはかと気ばかりが灼かれている。だが今日は、荒っぽいハガキ便りの中から、凍《し》ばれるという言葉をはじめてきいた、その一言を借りて私は別のことを語ろう。

寒さを表現するのに実にぴったりした語音の妙に、私はその時ぎくりとした。凛々とか、しんしんとか、凍《い》てつくとか、皮膚をさすとか、氷るはがねとか、白魔の爪牙などと、冷寒を訴えるさまざまなことばの色は巧みに塗りたくられるけれど、凍《し》ばれるという韻律の響きは、冬空の下で、万物が一時息絶えたかと思われる凝然とした凍結の世界を一語でざくりとえぐりぬいて見せる。

けさ起きてみると、戸外はそのしばれる朝であった。一センチほどの薄雪がまっ白に屋根も畑も染めかえ、空は黒っぽい銀灰色で、その幾重にもひだどられた雲幕のかげに、太陽のぼやけたりんかくが、こごえた涙だらけの眼のように赤くただれて見える。風が出てあの幕が切れて、はっきりした太陽が顔をのぞかせる前にこの雪は消えてしまうだろうが、がたびしの戸を繰る老いの指先にふれる寒気は、痛みさえ感じさせる。

その夜私は白黒の小さいテレビで、「老人の山」というのを見たが、ひどく胸がおののいて、それは確かにどこかで見て来た景色、いま山坂で行き合って来たばかりのような人たち、いつかきっとめぐり逢えるおりを持ちそうな、辛いきびしい顔々が散らばっていた。

季節は二月の中頃、場所は山陰地方の廃村地区と説明されてるが、そこは私にとってはさして遠地ではない、身近な山肌に捨てられて荒れ果てた開墾地や、人っ子一人いない野ざらしの廃坑の跡と同じに、生々しく目馴れて胸にくい入る。霏々《ひひ》と降りしきる雪、降りつもる雪、その雪空の下にまっしろい山、森の梢。重々しく雪をかぶった方錐形の屋根も埋まる農家が、雪の煙幕でまるで孤島のように散り散りに点在してみえる。でももしその家々の中に真赤な炉火が燃え、ぐつぐつと煮え沸る大鍋の湯気と香気を想像出来るなら、たとえその中で多少の親子の意思の疎通とか、夫婦のもつれや、子供の病気などと人間世界につきものの痛みや悩みがかもされ漂うていても、それはそれなりに切ってもきれないいきずなの強さで、まあまあ燃えてはくすぶり、くすぶっては燃えるけぶったい炉火の仄あたたかさを一つにくるんで、暗く寂しいながらもまるく集って生きる一つの家の形をつくっているであろう。そう考えて暖かく美しくさえ見えた雪山を点綴するその農家の一つに、カメラは次第に近づけられて、微細に拡大されてゆく時、私の目は、胸は、きりきりきりと凍ばれていった。

これはまた無惨なあばらや、否、それではいい足りない。生物の住まない廃屋であった。醜いものを覆いかくしてしまう雪だからこそまだ見られる。何もかもさらけ出す雨であったなら、どんなにその惨めさは見るに堪えないものであっただろう。並列する柱はみな横のめりにのめっている。手斧のあとの古々しく見える太い梁と二重鴨居ががっきり組んで腐れたわら屋根の重みをこらえ、つんのめった主柱の頭をわなわなつかんで、やっと倒壊を支えている形だ。ところどころ壁こめもあらわな抜け落ちた土壁、雨戸も障子もなくがらんとして、吹き込んだ土間から上がりっぱな一面の縁板の雪は白く凍るようだ。これでは野良犬すらも住めまい。

山村の生活はきびしい。思いがけぬ天災と償い切れぬ人災は、日本津々浦々の、わけても戦時戦後たべるものがなくて唯その日の飢えをみたすために無資本無計画で入殖した開拓地区に哀しい皺寄せも多く、死に生きの労働に薄いみのりでしか報われない飢えた野獣に化している彼等は、活きる路を求めて右往左往、土着の執念も他愛なくもぎとられた。働ける者は無情な愛着のうすい土地を蹴りつけて捨て去った。捨てきれぬ者だけが山にへばり、土にしがみつき、何とか最後まで頑張ろうとする理想も希望も、かぶさる飢えには疲れ果てた。それよりはましな工場のくらしに誘われて、指が引きはがされるように、ぽろぽろと村から遠い町々へこぼれ出て行く。その道を後追うことも出来ぬ七十を越した老いぼれのみの呼吸する山に変わった。もとからのままの姿の原野なら又そのままの寂しい落ち着きがある。けれど一度拓いて荒して捨てた山野は崩れが増した地だけに、一入にかげりが深く淋しい。たまさかに居残って働く中年層も、現在の地に粘って足の重さに歯をくいしばり自分の生活によろよろしながら、割り切れない思いだけで凌ぐのが精一ぱいで、とり残されたぼろぼろの老人たちをふり返る暇はない。

画面は、冬枯れた雑木林が展ける。小柄の婆さんがぼろを重ねて、ぼろをかぶって、ふちのこわれたかごを背負うて杖のように棒を突き、小さい穴熊みたいに木の間伝いに現われる。棒の先でやたらに荒草の地面をつつきまわして、何か木の実らしいものを拾うと、疎らな歯をむき出していきなりかじって見て、肩越しにぽいと背中のかごに抛り込む。ひとりでつぶやく。――わしもなあ八十になる。こんな思いでなあ、はあ生きてても死んだも同じこんだ――。棒の先で再び木の実を拾い出し、再びかんで細い手付きでかごにうまく投げ入れる。猿にもりすにも野鼠にもとり残されたお余りものの木の実草の根を頂かねばならないこの女のしなびた顔は、空ろに小さいがどこか艶っぽく整うて、むかしは美しい顔立ちで散々男を泣かせた浮気女のなれのはてでもあろうか。

いつか霜のまっ白な朝、菊竹山から私の小屋の台所口に現われ、家族が朝飯をたべていた板の間の炉火へ、何がはいっているのか知れない汚ないかんづめの空かんをそっと近づけてあたためようとした乞食女があった。品のいい面立ちに見えた。煮え立つ汁鍋に汚ないものの匂いがうつりそうである。学校に急ぐ子供らは厭な目をしてそのまま立ち上がるのもいた。湧き出したちん入者の乞食婆さんを目の前にして、自分たちののどだけ飯を通すことは何かが引っかかる。払いのけたい思いで一ぱいながらも、ほんとうにはらわたまで凍ばれきってるこの女に、私はふちの欠けた皿に、大粒の甘い青大豆をたきこんだ熱い麦飯を盛って、土間にしゃがんだままかじかんだ手を炉火にかざしている老女の手につかませた。甘い香りとあたたかさを掌に感じた女は、びっくりして大きく開いた目をあげた。垢に光ったまぶたの片目は気味悪く白く濁っていた。焚火のほてりで乞食のからだから臭気が漂ってくる。あの時の乞食女が今、目の前に浮かんでくる。

破れたふいごの火音にも似た聞き苦しいざっざっという中に、ひゅっひゅっとえぐるように吸い込む苦しい呼吸音は、喉頭音か鼻音か。画面一ぱいの顔。ぎょっとする七十五歳の拡大された顔。よれよれ手拭いの頬冠り、ぼうぼうのびた髭、くぼんだ深い目、辛い病気と孤独を黙って打ちこらえている痛ましい顔だ。老齢年金で辛うじてうるおいを持って生きている悲しい顔だ。踏む人もなくなった荒れ草のしだいた山道を、ともすればもつれがちな足どりで休み休み、中腹の小屋らしい突っかい棒した住家の待つ人もない軒下に辿りつくと、少しばかりのカマスの荷を背からおろし、大息をついて、前の水桶らしいものからいびつな湯沸しに水を汲み入れる。着ているのびきった名ばかりの毛糸の上着は編目もうすれ、袖口が中途からちぎれ去って破れ果てたぼろシャツもろとも、老い枯れた筋だらけの肱までむき出して、寒々しく見える。死んだ混沌もあんな形で畑にへばりついていたのをありありと思い出す。振り向くひまもなく、かまいつける時を惜しんで、自分もまた破れがらすのようなそぼくれ姿で唯土の上を這い歩いたことが、貧乏とは縁の切れぬ開拓一すじだけに生ききった頑ななきびしさを、唯無情なうつけとささやく風を耳にする時、私の胸は追いつかぬ悔ともなり、怒りともなり、きちきちと鳴りひびらいてふるえる。

雪はやんでいる。そして先に見た吹きさらしの家。犬もすまない廃屋とばかり思いこんだそこに老人の姿が動いている。しかも僅かに残った戸袋の板を破りとっている。二三尺の積雪で足元は見えないが、片手で横桟にしがみついて己がからだを支え、左方の手でむしりとるように小刻みにべりべりっと引き裂いている。ああ、あの手のひらに、ちぎる裂き板のトゲがささりはしないか。引きむしる指がはずれて、よろよろのからだに板の笞《むち》がはね返ってはこないか。はらはらする。この老人には焚物すらもつきているのか。がらんどうな家の中頃に黒くせまく区ぎられて見えるのは老人の寝起きの場所と思われる。戸棚をたき、障子をたき、雨戸をたき、戸袋をたき、次には床板をたくであろうが、やがて雪のとけるまでその焚物が続くか。老人の生命がつづくか！

ここはほかほかとした村役場の会議室。扉はぴたりと閉められ、まきストーブが燃えている。戸外の世界を忘れさせるのびやかさだ。そこでもめにもめて決議された村当局最後の決定議案で、ベニヤ板張りの吹っ飛ぶようなさっかけ小屋、予算ぎりぎりの幾棟かが、住む屋根のつぶれた老人のためにたてられた。いわずもがな立派な福祉施設であろうが、季節はぐっと足並みが遅れている。

でもえらびぬかれて野ざらしをまぬがれた幸運な何人かの老人のひとり、七十六歳の老人はやっと一人がけのせまい炉の前にうずくまるように腰をかけていた。向かい合って三十位のうすぼけた息子が、落ちつかぬ貧しい姿で親父を見ている。何年ぶりかで親の住むベニヤの小屋を訪ねて来たといえば、ひとごとながら嬉しいけれど、この息子これは又浪々としてこのとしになるまで一定の職も持たぬぐうたららしく、持参したものはどこかの職場の臨時雇いで貰った給料のもみくしゃな精算書と、何かを買った際出されたちゃちな景品のサービス券一枚という鼻紙にもならぬ代物だけであった。親父はむっつりとして口をへの字に結び、煮えたぎる腹をおさえているのかおし黙ったままだ。茶碗に古びた湯沸しから湯を注いで、自分だけ一口二口だけ飲んで身動きもしない。親子の間は凍りはてて見える。どこにも見られるように、子は親を足がかりとして育ち、羽ばたき、ふと不遇になった時はじめてぼんやり古巣を思い出して帰ってみる。親父は思う。野郎今になってもまだ何か俺からむしり取る気か！　生活保護でやっと生きている俺から。だが息子は思う。としはとってても親父には食う金はさがる。家賃もいらぬ。病気してもただで医者にかかれる。俺よりはよっぽどくらしはらくだろうよ。親だもんな、息子が困り切っているいま、何とか工面の策を授けてくれてもいいと思うが。そのうちには俺だってきっと芽を出してみせべえよ。死に水だって誰がとるんだ。だがなまじ血のつながりは逆流して憎悪に変われば、すれちがう他人には感じられない根深いこごり一ぱいで固まる。
あくる朝、どっぷりと深い雪の野原をずぶりずぶり横切って、息子は期待外れた顔をふてぶてしくふくらませて出て行く。老人は炉の前で、虚しくうつむいている。何がそのしなびた胸を吹き抜けていることか。

どうにもやりきれないたまらない思いがする。生涯に避けられない必定の老いではあるけれど、そして誰もが味わわねばならぬとり残されたたったひとりのやるせない寂しさではあるけれど、生誕の時の光りに反してこの終りの暗さは、これが一生というものなのか。同じ世代に、同じ百姓階級に生まれあわせた私には、等しく変転した世相の浮き沈みに身を投じてなめつくした塩辛い味は、この画面の人たちとちっとも違わない同じ味だった。それこそ心の凍ばれる思いで。寒々と何かが身にしみ通る。だが、この人たちの上になぜか私は少しばかりの涙は流したくない。やがて雪がとけて、春の陽が輝きわたり、土のいぶきに地根のささやきを耳にする時が待たれる。その思いだけが救いだ。それは一刻も早く、あらゆる角度からふり注がれるほのぼのとした融雪無限の春の光りであらねばならない。

（昭和四十七年冬のこと）

信といえるなら

風が東北に廻って降り出すと三日の雨は続く。昔の人の誰からともなくいい伝えられた。気圧の配置も気流の移動も知らない。唯体験の重なりからつかみ得た気象の的は実証からさして離れていない。東がくもれば風となり、西がくもれば雨となる。唄の文句にもうたった。雲の塊りの疾い流れ、夕映えのどんよりした暗いにごり、気流の乾湿、それだけで百姓は作物の防備の用意をし、何かしらの取り入れにあわて、漁師たちは黙々と夜の船出をひかえる。敏感な視覚だけで的確に顕現する意のままの天気図。子供の頃から私はそんな大人の見方を見覚えてしまって、果樹園に大敵の晩霜は、満天の星がすばらしくきらめいてそよりとも風のない夜、夕方からひやりと冷気の感じる夜半から明け方にきまって災害が加えられるし、暴風は朝夕一回ずつ一ときの凪を見せて、必ず一昼夜吹いて山鳴りがしずまる。

四月七日から細々と降り出した北雨は、どうみても芳しくない空の色合い、低くうす黒く北から南へ流れる。怪し気なたたずまいで心を暗くした。北雨三日の信条は今度だけは裏返したい。九日には混沌の詩碑がみんなの友情によって目の前の畑の一角に建つ。花桃の明るい色がうららかに春を染め出しているこの野天で、祝杯を楽しもうと誰もが今日までいろいろと努力してくれた。なのに、降るものは降り、吹くものは吹き、氷るものは季節をおしはかる危ない人間の観測頭脳をしびれきるほど凍らせて、まるで四月を一月に置きかえてしまう無慈悲な自然の手の内。凛然と切り込んでくる北風と氷雨が、総毛立ててからだを固くしてこらえるのが精一ぱいの日となった。参集者の髪を頬を肩先を情《つれ》なく濡らす。混沌の生涯を象徴する天候だと誰やらがあきらめ顔にいう。あのきびしさを再認識するのにふさわしい寒さと慰め顔にいう。ものは心の受けとめよう、底意の解しようとお互いの胸の中で淡いせつない微笑を交しあう。

午前十一時というのに、夕暮れのような暗うつな視界の中で、菊竹山の山腹につながる杉林の黒緑の背景から浮き出た碑は、地区の農民たちの捧げた鮮やかな献花の中に映えて、仄白い円い山型の全容を黙然と現わした。細雨に洗われた黒みかげの碑面に、詩ではない、農民として生涯を貫いた彼の「天日燦として焼くが如し出でて働かざるべからず」の絶叫を、草野心平さんの躍動するすばらしい文字が獅子が吼え猛るようにえぐりぬいている。

祭司から手渡された玉串を碑前に供えて、さて私は戸惑うた。二拝二拍手一拝の正しい礼拝の形をとらねばならないものか。待てよ、耳元に「あっさりやってくれよ。俺は何ともはや照れくさくってたまんねえ」とつぶやかれたような気がする。私は一礼しただけで引き下がった。発起人を代表して、理路整然と真情を吐露する大河原さんの経過報告は声涙交々としてぎりぎり胸を打つ。重なり合う御祝辞は故人を心からたたえてくれている。さぞや首をすくめ頭を垂れ、でも何か縁遠い他人の評価でもきくような茫然とした面持ちで、地下から耳を傾けているようなぼやけた彼を私は連想する。ことほどに報いも物も名も欲しがらない、一介の土着民に徹して生き死んだ性《さが》の自然さに今は高い拍手を送る私も、同行五十年近い歳月のひだのかげにたたみこまれた愛憎のかげの根深いものも忘れられない。雨は時折りさあっと降っては止む。読む人も語る人もふるえて唇は凍り、碑文の文字だけが濡れていきいきと輝く。吹きさらしの天幕の下、はみ出した野天の下で粛然とたたずんで耳を傾ける参会者のきびしい無我の状態は、まるで雷にうたれて一面火柱の立つ中に、感動の銀色のゆらぎがゆらいで、そこに個々の精魂がそれぞれの知覚の測定によって、最もよい個々にふさわしい感得に目ざめつつあるあやしい幻覚の状態を孕んでいるような、おそろしい静謐さ。

心平さんがやや背を丸めて野天に立った。

私がここをはじめて訪ねたのは大正十三年の夏の夜半、夜があけるとせいさんが小屋の雨戸をあけた。あけるといっても横に引いて戸袋におさめるものではない。外から一枚ずつ外してわきの方へ運んでゆく。その時小屋の前方一面の梨畑に強い朝日がきらきら流れていたのが目にしみたと。更に又俺があんなに苦労して墾した畑にこんなものを建ててくれて、土地を損したなと混沌はしょんぼりしてるかも知れないというと、参会者は一斉にどっと笑った。言葉の裏に含まれる愉しい比喩が、誰の胸にも快く理解されてあたたかく流れ込んだのであろう。

ちょうど今から十八年のむかし、今度の建碑と同じ過程で友情の集まりから、彼にとってははじめての詩集らしい詩集『阿武隈の雲』が刊行されたが、その時彼はおののきながら感激のことばをノートに記していた。詩集と詩碑と形こそ変われ、混沌の感動は波立ち、予期もしない今度の恩恵に対してもその同じ言葉で、冥府からこの世の友だちへ咽喉を嗄らして呼びかけているだろうことを私は信ずる。

私には何一つ心配させないで運ばれたことと、当の私は全く貧弱そのものの殻を冠っていて申しわけなかったこと、詩集の内容について今更ながら私の奉仕してきたことがそれに価するか疑わしいものであります。しかしもうどうすることも出来ない。

出発していたのです。私の過去ではなく、やっぱり未来に向かっていた現在なのでした。私個人の力では一生かかっても出せない詩集が見事に仕上げられた。皆さんの努力に感動し、圧倒されていました。私は不思議に今までにない力が加わり、何か出来るように感じています。詩集のことばについては乱暴なぶっきらぼうな個所が沢山あり、表現を分かりよくするに苦心しましたが、まだそのしこりがとれないでいます。理屈をいわないでからだでいい含めて来ました。この点だけは実に平凡です。知らずしてとび出している方語、好んで用いた方言、熟語の誤り、また造語などから読者の難渋を予想します。これらは私という個性から切り離せなかったようです。動きのとれなかったところをぎしぎしといったのです。今皆さんの手にとられて読まれることを思うとうれしいが、素人で、花嫁で、恥かしさでどぎまぎします。処女出版ともいうべきものを多勢で支援してなされたことは、私のふだんの不徳にも拘らず現代への堰破りです。なけなしの懐ろからそれを決行するのに賛同して下さった方々を考えます時に、その熱に私は涙にむせびます。私は何の力もないままに、しかも詩を書くより外に何もなくなったと同時に何ものでもないのに呆れています。周りの若い人々と机を並べよう。またいろはから始めるというものです。

新しい感覚の持主は若苗の香りに満ちて、根びろげが自由にのび、第七期植物の緑地帯をなすものです。そして皆大木になりうっそうとするのでしょう。へんくつな土壁の私は今や微塵に砕かれます。耳をすました牝牛がその上の展がった繁みの中を夢中で走るでしょう。牝牛はもうどこも走れないでとぐろを巻きましょう。何れ媒介されたものはあらゆるものを柔かさの中に、肥りに、ふくらみの中に、反射に、充分に呼吸をし、抱くことが、あらゆる窓へのカアテンを押し開く手なのです。この富める心をと、皆さんは私を叱り咎めないでしょう。なぜなら、これ以上私は進めることがないからです。一枚裏をいうと、私は万事休すです。

かく皆さんのしてくれたことは、現代の日本に稀に起こったことと私は思います。純粋な皆さんの心に、私は花に先立ち、蜂のように花を荒しました。私の精一ぱいの存在だったことに、そうして私の在るうちに決してないものでしたのを、しかも今、目の前にこの詩集を皆さんと見ようとしています。私は再び皆さんにあえる気がし、そしてつぶれそうになります。

この山に、土に、ゆかりの深い人たちはせまい私の小屋一ぱいに、皆が勝手気ままの座席をとってコップを手にする。私は石油ストーブを真赤にして、中ほどに座をしめた青ざめている心平さんの背中へ押しやった。陽だまりに軒のつららが溶けて流れるように、かじかんだ皆の顔が間もなく赤みざし、凍みた唇がなめらかに油づいた。こうなると歓談は地獄谷から湧き出す硫黄の熱湯さながら、ぶつぶつと盛り上げ、押しのき、泡立ちはじめる。家を出しなに読んで来たといって、中野さんが『阿武隈の雲』の中から「あわ」の詩を朗読する。

雨降りにあわの濃い匂いが
えら辛く喉に詰まる
離れて聞いたことばでなければ
よくは聞けない
さらさらのことば
あわのささやき
思い出してぽつぽついい
ぽつぽついい出し
ひっそりと頭を皆で垂れた
困った　困った

わがこと忘れ去り
嬉しさに一斉にささやき合う
自分の重さを皆知り
小躍りし　あらん限りささやき
さらさらさらざざざっざざざっ
それしか何んにもいわなかった
背ったけに喉が詰まる

　何うしたらいい　泣いて泣かせ
　誰も見えなくはなって見る

誰も知らない　知らないで
栗毛色そっと置く秋の支度
ばった飛び込む空の輝き
浅黄の騎士が逢引し死ぬ場所

野娘の性情　ひろらかな
そして紅い紐を着けている

一座がその青年の時期、壮年の季節にすべり戻っているのを、混沌の写真が泣き出しそうに見下ろしている。殊更に間が抜けてユーモラスに見えた生前の思い出ばなしや、からだ中に渦巻く激論やらで一しきり話に花を咲かせ終わると、急に雷鳴の遠ざかったようにしずかな穴があいた。飲みかけのコップを卓の上に置いて天井あたりを眺めていた心平さんは、

「昔はこんな天井板などなかった」

「ええ、大風が吹くと屋根の木羽《こば》が飛んじまっておてんとさんの細い光線の縞や、垂木の間から青空がぽちぽち星のようにのぞけたものでした。雨が降りそうになると大変、一人が木羽や杉皮を持って屋根に上がり、一人が下からその星の穴を竹棒でつつき上げて所在を知らせるとそこへ差し込む。屋根の上ではどこがぬけてるのかわからないんです」

私は平然と答えながら、未開の土人の小屋でもあれよりは頑丈にふいているだろうと腹の中で笑った。

「壁もわらつたの土壁がでこぼこに塗られて、乾割れて隙間だらけだった」

「冬は土ほこりと枯葉がその隙間から舞い込んだり、夏になると三寸もあるてらてらした黒いむかでが、不気味な赤い足を揃えて壁をさらさら歩いたり、子供らは年中おびやかされながら、お蔭で野太く育っていたようです」

「雨も風も何だかこの小屋ばかりを叩きつけていたような気がする」

「みじめでした。破れたふすまの風を防ぐ紙すら買えないので、混沌の書き散らした原稿用紙をべたべた張りつけていたら、目玉のとび出る程叱られましたっけ」

「おそらく家といえる形の代物じゃなかった。あの中で梨花は死んだんだね」

　今日はじめてここを訪れてくれた初対面の方たちはじっと瞳をこらす。

「寒い頃だったね。私が訪ねた夜、茶碗に灰をつめて線香立てにして、仏壇代りのみかん箱が荒壁の部室の隅においてあった。たしか和子だろう、肺炎を起こしかけて熱で真赤な顔してその傍に寝ていた。ひどく酒臭い医者が不愛想な面で診察をして、いくらかの料金を鞄に納め、あとで薬をとりに来いといって立ち出るところであった。――肺炎は起きていないって――はずんだ声でせいさんはうれしそうに別の小さい子を寝かせると、洗面器を病児の枕元において、引き出して来たきれいな花模様の襦袢、あれはトーチリメンといったかな」

私ははっとした。そういう古いなつかしい言葉は私の若い時代ですら、よく母親たちだけが口にしたすたれかけた名詞で、私たちはメリンスと若々しくなめらかにいわなければ恥ずかしかったのに、彼はトーチリメンという明治古調を思い出すようにしみじみいう。「せいさんはいきなりその袖をべりべり引きちぎって、裏地を手拭い代りに水に浸して子供の額にのっけた」

薄暗いランプの光りの中に、そこだけが鮮やかに浮き出る水に濡らして折りたたんだうす紅の袖の色彩、それは最低に沈んだ貧のかなしさを最高の生命の明るさに浮かび上がらせた、うれしい神秘をかもし出していたか知れない。

「そういうことを今になってもよくはっきり覚えておられるんですね」

誰かの問いに、心平さんはぐっと引きむすんだ唇の内に、忘れられるかの言葉を粉々に嚙み砕いていたと私は思う。

突如、心平さんは私の方を向いて膝をつき合わせると、その右手は私の左手を、左手は右手をしっかり握りしめたまま、深く頭を垂れ、額を私の胸にぴったりつけ暫くの間じっとしていた。五十年間土できたえた私の骨太い指よりも、ペンを握りつづけたこの人の十指の力は凄まじい握力だ。額をあげたその鋭い眼はつい鼻先から射すくめてくる。

「あんたは書かねばならない。私は今日混沌の碑を見るためと、あんたにそれをいうために来た」

　私はぐっと胸に応えた。

「いいか、私たちは間もなく死ぬ。私もあんたもあと一年、二年、間もなく死ぬ。だからこそ仕事をしなければならないんだ。生きてるうちにしなければ――。わかるか」

「わかります」

「わかったらやれ。いのちのあるうちにだよ。死なないうちにだよ」

「正直いえば――」

　私は少し吃った。

「混沌がのこしたものだけを整理することなどでなく、はっきり離れた自分自身が書きたいものを書けたらと思います」

　私は相手の眼玉に自分の視線をつきさしていった。

「それだよ。自分のものを、わが一つの生涯を書くことだ。あんたにしか書けない、あんたの筆で、あんたのものをな」

だけどこの私にどれだけの力が――。もぞもぞ不安をいおうとしてびしり叩き伏せられた。

「生命がないんだ。無駄に生きられない息ある限りの仕事だ。何でもいいから書けよ。

ね。一年、二年、私もあんたも、いいか、わかったか」

「はい」

私は大声ではっきり答えた。老いかれた身内に熱いものが流れるように覚えて、その直截な真情に何か知らず涙がこぼれそうになるのをぐっとこらえた。

大河原さんがはいって来た。十余年間の国会議員をやめて再び昔の野人にかえったこの人は、生前の混沌の友という唯一すじの血脈のような糸を固く持ちつづけ、去年の夏以来八ヶ月一切の責任を負うて今日まで、故人の気質に添うようにと、碑はあくまで質素に小型に、然し積み上げた台石は好間川の上流から運び上げた清らかなすべすべの塊石、玉石、歩道の敷石も同じものを敷き並べ、しかも自分も汗を流して職人たちと一つに働いて石を埋めた。建碑の実費だけに止めて余分の芳志は辞退したという潔癖なこの人らしいやり方は、私にとってもうれしい限りであった。参会者の見送りその他を漸く終えたらしく、素朴に心平さんに謝辞を述べる。二人は抱き合うように手を握って打ち振りながら、

「ありがとう、ありがとう、よくやってくれました」

「みんなで精一ぱいやりました」

「混沌のために私はうれしい。よくここまでしてくれたかと――」

感情の興奮と酒の酔いとでやや舌のもつれはみえてもその性根はびくともしていない。今二人が手を握り合って、感謝をしあい喜びを分かちあう。まのあたり私はそれをじっと見ている。

一体誰のためにだろう。自身のことではない。唯友であったひとのために、既にどこにもいない、ありがとうと一言の感謝もいわない消えてしまった者のために、こんなにも心から喜びあい感激しあいねぎらいあう。今ここに集まっている誰もが、氷雨の中を訪れてくれた人々が、又遠くから力を貸してくれた一人一人の真実の友情が、今日この見事な花を咲かせてくれたのだ。報いを求めずに唯一方的につくす、それは愛という美しい言葉によっていろいろの形で芽生え育ち培われて、真実の果実の味を心の世界にひたし充たしてくれる。しかし今度のようなこの成り行きを私は愛によってとも友情によってともいい足りぬ、人間同士の心の奥に流れ合う凄まじい信頼からといい切りたい。一人一人が抱く自由意志で相手を知り、己れを知られ、お互いの胸に溢れたぎる無垢な相互の信頼感、これこそ切口から血の吹き出るような生身《なまみ》の人間臭い親密さを息詰まるばかり感じられる。冷静に相手をよく見究めてからつかむ熱愛と、はらわたの底に根を下ろしたがっしりとどうにも動かぬ信じあい。それはおまえの狭い意表にひそみ込んだみみっちい観念に過ぎないと笑われても、私は何だかたじろげない。時によっては愛の言葉に優って置き代えられてもいい生粋な信というこの真赤に灼けたはがねを、ぎっちり握る勇気、思念、胸と胸とを叩きつけてまともに語り、泣き、怒り、笑いあえるむき出しの直情！

たとい君が強盗したって人殺ししたって、生涯僕のハーフであることに微塵変りはないとかつて暮鳥はいった。この信頼こそが生きる者同士、真実の生き甲斐ではなかろうか。死刑台上の友への信を守り抜くために走りつづけたメロスの群れが、いつか私たちの近くにもひたひたとその足音を満たしてくれていたことに気づいて、私はしわがれた感謝の声を、微かながらものどを開いて精一ぱいに振り絞りたい。

（昭和四十七年春のこと）

老いて

阿武隈山系といえば物々しいが、海をめがけて踏み伸ばした脚にもたとえられよう末端。うねうねと空に浪打つ山嶺のその小指の先のちっぽけな菊竹山に巣くうて、既に半世紀が流れた。私は再び繰り返されぬ自分の生涯の歳月を今日まで運命などとぼやかずに、辛抱強く過ごして来た。だがたじろがぬつもりだった己惚れた自分の足跡を遠くしずかに振り返ってみて、今更にその乱れの哀れさ、消えがてな辿々しい佗しさ、踏みこらえたくるぶしの跡の深いくぼみの苦しさを、まじまじと見はるかす。暗然とした想いが、片隅の小さい歴史の仄白い一枚に、ところどころどすぐろい痕跡を鮮やかに落として、ゆらゆら浮かぶだけのただそれだけの今日の日。

はるかな、はるかなかつての日に、何を求め、何を希い、何を夢み、何に血を沸らせてこの地を踏んだか、その遠い過去は記憶のぼけた雲煙の彼方に跡形なくきれいに消えてしまった——とはいいきれようか。だが思い出そうとしても遠い日の夢に等しい記憶の切れっぱしが、ひからびた脳波の中につながりもなくぴくぴくするように、捉えどころもまとまりもなく、唯風に似た何か荒れ狂うものの羽音だけが残る。

私も老いた。耳をすませば、周囲の力なく崩れてゆく老人たちの足音につづいて、歩調がゆるんでよろめいてゆくのが日に日にわかる。どう胸を張ってもこの事実は否み切れない。抗えない生物の自然というしかあるまい。避けられぬ老醜と、自分のいのちの終りに顔をゆがめながら、勇気を鼓して、時限の激流の中に無数の頭があっぷあっぷしながら漂いつづけ、次々と声もなく沈んでゆく地獄絵を思い描いてみる。一方これに対して、見えない奇怪なばけものにおびえ狂っている群像の、空しくふるえてちぎれそうな生命の糸をつかもうと焦りつづけて空を探っている形象。たとえばいそぎんちゃくの細いもざもざした触手のような無気味で不快なやわらかい感触を持つ細い何万本の枯骨のしげみが、密生して組み合った珊瑚礁の枝々のように、潮流の中にゆらゆらと妖しい千指をくねらせている相対の附随図をも描いてみる。こうした時、私は声を落ちつけてあわてずにこう叫びたいものだ。

「何をあんた、ぐっすりと眠れるんじゃないか。明日がどうというの。自分の長い疲れがすっぱりなくなるんだもの、せいせいするわねえ」

すべては風の一吹きさ！　どこからかひょいと生まれて、あばれて、吼えて、叩いて、踏んで、蹴り返して、踊って、わめいて、泣いて、愚痴をこぼして、苦しい呻きを残して、どこかへひょいと飛び去ってしまう素っとびあらし!!

澄んだ秋空の蒼さに眼をしわめながら、私はゆったりした透きとおった気持ちにおかしな明るさを感じる。まといついていた使い古しの油かすのような労苦、貧苦、焦燥、憎怨、その汚れた生活の一枚ずつを積み重ねて、紅蓮にやきただらした火の苦悩は、打ち萎えた私の体力に比例して尻込みしながらじりじりと遠ざかってゆくようだ。私は指先のあたたまるようにほのぼのと嬉しい。両肩が軽い。年齢がかもす当然の諦観ではないかと大方は淡く白っぽくわらうだろう。老いぼれのつまらぬ意地さと、老いることを知らぬ青春は鼻に不敵の皺をよせるだろう。それも真実、これも真実、その何れにも私は湖面のようなしずけさで過ぎたいと切に希う。憎しみだけが偽りない人間の本性だと阿修羅のように横車もろとも、からだを叩きつけて生きて来た昨日までの私の一挙手一投足が巻き起こした北風は、無蓋な太陽のあたたかさをさえ、周囲から無惨に奪い去っていたであろうことを思い起こし、今更に深く恥じる。

ついさき頃、偶然眼にした、老いさらばえた頃の混沌の一つの詩を、全身蒼白の思いで私は読んだ。

ぜつぼうのうたをそらにあげた
そんなにあさっぱらからなげくな
なげけばむすこはほうろく（失うの意）
あるいはばあさんじしんがどうなるか
むすめはどこへ
さてボクはここでおわるとしても
めいめいのみちをたびたってしもう

くどくなばあさん　なげくな
それさえなければ　なにをくい　なまみそでいきてもいい
いっせんでも　むすこのしゅうにゅうになるなら
クサをとるというボクを　ボクをみていよ
じゆうはそれぞれにあるとしても
そうすることはどういうものか
ふこうはみんなのあたまのうえにおりてくる

なげくな　たかぶるな　ふそくがたりするな
じぶんをうらぎるのではないにしても
それをうったえるな
ばあさんよ　どこへゆく
そこはみんなでばらばらになるのみだ
つつしんでくれ
はたらいているあいだ　いかるな　たかぶるな
いまによいときがくる
そのときにいきろ

生涯憤ることをつつしんだ木偶坊のような彼の詩を、いいおりに私は読んだものだ。なまなましいくり言は、唇を縫いつけて恥一ぱいでかき消そう。しずかであることをねがうのは、細胞の遅鈍さとはいえない老年の心の一つの成長といえはしないか。折角ゆらめき出した心の中の小さい灯だけは消さないように、これからもゆっくりと注意しながら、歩きつづけた昨日までの道を別に前方なんぞ気にせずに、おかしな姿でもいい。よろけた足どりでもかまわない。まるで自由な野分の風のように、胸だけは悠々としておびえずに歩けるところまで歩いてゆきたい。

（昭和四十八年秋のこと）

私は百姓女

戦争という名の沼底を引っ掻き廻したような泥黒さなどを、何で地べたを這いまわる土百姓の知る筈があろう。その知ることをすら知らないところに放り出されたつれない惨めさはあっても、埒外に踏みしだかれた泥まぶれの中に耐えてうごめいているからこそ、細々した平和だけはいつも尻尾のようについてはなれない。私たちのたたかいというのは大地を相手の祈り一すじ、自分自身のかぼそい努力に報われてくる応分の糧を授かりたい、つつましい生存の意慾より外に現在とて何もない。

それは太古何千万年、人間が集落の生活をはじめたおそらくそのまたむかしからそうであったろうが、自分、自分の家族血族、そしてだんだん広がってゆく仲間の共存のために、ある時期までは木の実草の実野獣の採取で充分生きられた豊かと見えた自然が、そろそろ人間繁殖に追いつかなくなって、当然命をつなぐのに苦しい乏しさにつき落とされてゆく不安は、この祖先たちをどんなに悲しませおびやかしたか知れまい。生まれたいのちは生きられるだけ生きたい。ひたすら生きるためには、男たちは次第に身近い山野から減ってゆく獲物を、危険な遠い森の奥に追い求めて、さまよい歩いては矢じりを深く射込んだか知れまい。その留守の間に、一日として欠かせない血族の食糧を支える苦闘が見事な知恵と工夫の花を咲かせた。知らずにいたこぼれた種から芽生えて実る理法に気付いて、採取した木の実草の実の少しを大地にまいてみてはじめて得た収穫の奇蹟を。また小さい根菜の切れはしを埋めて数倍の子塊をぞろぞろ連ねて掘り出される増量のおどろきを——。その時の彼女たちの歓喜、希望、安心が、きっと男たち、子供たちも交えてたのしいおどりに夜を明かしたにちがいない。こんなふうにして農業の乏しいけれども食物を支えられる生活の小さな平和は、その太古の食いつめた女の手によってつくり出されたときくと、私は思わず空に向かって大きな呼吸をしてしまう。

たべずには生きてゆけない。せっぱつまった自分、血族、又子育ての愛情から、大地の力に目をつけた太古の女たちは素晴らしい。手をつかねて滅びることをせず、進んで工夫と忍耐で生きるみちをみつけ出した。裸の女たち！　自然は求め求めるところに素直に生かしてくれるやさしいみちがおのずとにつながれていくものだ。子育ての愛情、これはいつの時代の女にも備わる本能であろうが、この本能がはちきれて、芽を出した植物を愛育する努力となり、水々しい結果がうるおい出した。それからの増収の地ぶくれは一にかかって女に備わる必死な愛情の培いによって報われたにちがいない。その一年一年、そして一代一代が人類の繁殖と生存のために積み重ねた工夫と辛苦が大切な含水炭素の偉大な物質となり、現代までも畏るべき大遺産となったことを誰が笑おうと太陽を信じるように私は信じる。

私は百姓女、むずかしい理屈は知らない。唯、生きるためのはじめに種を下ろした発想と、努力と希望を捨てなかった農業の元祖が、くいつめた苦しい原始の女たちであったことにたとえようもなく地道な敬愛、抱きつきたい親近感、同じ血脈の流れをあたたかく感じられる。想像に浮かぶぼうぼうと髪を散らし、だらりと大きな乳房を垂らした黒いはだしの荒々しい風貌を描いてみて、遠い時空をとび越えてもそのたくましい頼もしさを胸苦しい程熱く想う。そしてまた、農業が最初に女の手から創《はじ》められたということは、愛情、出産、定着性という天与の素質を備えつけた、女というものの本能から生まれた自然な成果であったことを思い、私はしみじみその成り行きの素直さに慎ましいものを感じる。

私自身の生涯を農業に投じたことも、いわば自分がすべてへの食いつめからであったと今は思う。若い頃の底の浅い胃袋では消化しきれない夢の食いつめ、壮年から、しかもあまり過去でもない先頃まで。これは時代の仕方こそ代われ、煎じつめれば原始の元祖と同じ一身血族子育てのための血を滴らすような労働、創意、蹉跌、工夫の連続であった。魔術としか思えないような物資の大河が溢れている。なのにいつもその下積みの底辺で、乗り遅れたのろまと相も変わらず笑われながら、かっと目をむいて、自分はまちがいない本筋を生きているのだとか細い自負心に支えられて、まっとうに黒汗流して働いてはみるものの、結果は哀しい食いつめに戸惑う。自身の経営にありったけの知恵と労力をふり絞っては僅かに息をついたかと思うと、今度はどうにもならぬ不燃焼の時代の煙りに呼吸を塞がれてまた食いつめた。

播きつけたものの報いをそっくり手に入れられた太古の農民が羨ましいとつくづく考えながら、でもどうやら土壌に描き出した一畝《うね》の緑の中から子供らのいのちは支えられ、今はたくましく育って、やみくもにもやもやの世界へ巣立って散り散りに行ってしまった。あとには崩れかけた古巣の中に、使い果たしたぽきぽきの枯骨をすりきれた靭帯でもろく節々《ふしぶし》をつないで、痛んだ内臓を抱えながらも、乾からびた皮膚の下には元祖につながる真赤な血の一滴位は不確かながら芯となって流れていることを信じている。私の目がひどくかすんで見えないように、今は往古も遠い彼方に消えかけている。何だかあてもなく寂しいけれど、でも人間の生きる自然路を迷わずにためらわず歩きつづけられたというこの生涯を、誇りもしないが哀れとも思わない。

北国の研ぎすました東北風《ならい》が、今日砂塵を捲き、去年とり残した雑草の亡骸を地面に無惨に叩き伏せている畑の遠望を、古びた障子の腰ガラス越しに私はそっとのぞいている。染まるような青い空を、それと感じられる風足を、西陽でひだを灰色にうすめた寸時も止まらぬ純白の断雲、阿武隈の山嶺から湧き出した雲が、まばたく間に形を変え、崩れ、屹立し、群をなして私の生涯の乱れそのままを形作って、ひらめく風に乗って遠ざかる。この空の下で、この雲の変化する風景の中で、朽ちはてる今日まで私はあまり迷いもなかった。それは、さんらんたる王者の椅子の豪華さにほこり高くもたれるよりも、地辺でなし終えたやすらぎだけを、畑に、雲に、風に、すり切れた野良着の袖口から突き出たかたたい皺だらけの自分の黒い手に、衒《てら》いなくしかと感じているからかも知れない。

（昭和四十九年春のこと）

あとがき

一八九九年という遠い遠い昔、海の眩しかった福島県の小名浜という魚臭い町に生まれました。高等小学卒だけの学歴。

一九一六年（大正五年）以来二年ほど小学校に勤めましたが、その間平町に牧師をしていた山村暮鳥氏を知り、懇切な指導と深い感化をうけました。眼に入るものを秩序もなく読み漁りました。辿々しくも文学の勉強に足を突っ込んで張り切っていたつもりの自分が、一九二〇年（大正九年）頃には文学よりも、社会主義思想の模索に傾いていたことをはっきり認めました。時流に浮かされた若さ、正しさ、弱さだと思います。

一九二一年（大正十年）菊竹山腹の小作開拓農民三野混沌（吉野義也）と結婚。以後一町六反歩を開墾、一町歩の梨畑と自給を目標の穀物作りに渾身の血汗を絞りました。けれど無資本の悲しさと、農村不況大暴れ時代の波にずぶ濡れて、生命をつないだのが不思議のように思い返されます。

一九四六年、敗戦による農地解放の機運が擡頭しその渦に混沌は飛び込み、家業を振り返らぬこと数年。生活の重荷、労働の過重、六人の子女の養育に、満身風雪をもろに浴びました。

ここに収めた十六篇のものは、その時々の自分ら及び近隣の思い出せる貧乏百姓たちの生活の真実のみです。口中に渋《しぶ》い後味だけしか残らないような固い木の実そっくりの魅力のないものでも、底辺に生き抜いた人間のしんじつの味、にじみ出ようとしているその微かな酸味の香りが仄かでいい、漂うていてくれたらと思います。

各篇の末尾に記した年代は、ちょうどその頃の出来事であることを示したもので、作品を書いたのはここ三年の間のことです。

無知無名の拙い文を、なぜ串田先生が真情を以て拾い上げ、彌生書房主が刊行に踏み切って下されたか、日頃奇蹟を信じない私は、唯黒い手を胸に組み、頭をたれるばかりでございます。

吉野せい

一九七四年九月

解説

清水眞砂子

吉野せいを知ったのは一九八〇年、三十九歳の時だった。遅い結婚をし、共に暮らし始めた相手がわずかに持っていた荷物の中から彌生書房の『洟をたらした神』を差し出してくれたのだ。私は一気に読み、その文章の力強さ、深さ、繊細さに驚き、以来この本は私の最も大切な一冊になった。片時もその存在を忘れてはならない本、何かあったら戻ってゆくべき本、そしてそこからなら、間違いなく出直せる本の謂である。

それから十年余りがたって、三巻で終わるかと思っていた「ゲド戦記」の第四巻が十八年の間隔をおいてアメリカで出版され、翻訳の準備にとりかかったとき、さて、主人公テナーの台詞をどうするかと考え、あの作家、この作家の文体を考えて最後に行き着いたのが吉野せいだった。ずっぷりと土着のようでいて異邦人。人を愛し、慈しみ、静かに、時に激しく生きて闘った人のことばがここにはある。もちろんテナーと吉野せいは別人格で、ひとつにしてはいけないし、しようもなかったけれど、それでも私はいつも吉野せいの目を、その息を背中に感じながら、あの仕事をしていたように思う。生活をくぐりぬけた、しっかりと実の入《い》ったことばがそこにはあった。

それからまた二十年余りがたって、私は七十代に入った。久しぶりに『洟をたらした神』を読み返した私は今、ガタガタと揺さぶられ続けている。驚いたのは、その距離の近さだ。戻ってゆくもなにも。

三十代の終わり、初めて知った吉野せいの世界は原点となってくれる予感は覚えながら、まだ遠く、距離があった。ある時はひりひりと痛みを覚え、ある時はそこににじむ哀しみにことばを失い、だが、しっかと大地を踏む吉野せいの確かな足どりに背を押されるのを覚えながら、それでも私は彼女を長い間薄い幕のむこうに見ていた気がする。だから、戻ってゆける場所などと呑気なことが言えたのだ。

だが、今度はちがった。吉野せいは作品の中からぐっと手をのばし、私の肩をわしづかみにして、揺さぶる。

そうか、あんたも夫婦を生きたってことか。吉野せいの声が聞こえるようだ。

たとえば好きな「春」。私がかつて、どこよりも心惹かれ、思わず居ずまいを正したのは「一人の子を生むのにさえ人間はおおぎょうにふるまいますが……」以下末尾までの文章だった。今ももちろんこの文章に、このりんとした姿勢に、私ははっとわが身を振りかえらされる。いつもこの地鶏のようでありたいと思う。が、誰はばかることなく、あの朝の場面を好き！　といい、喜ぶ自分が同時にいる。茶碗を洗っているせいを「おいおい、出てみろ」と大声で呼ぶ混沌と、その呼びかけに応え、忙しいのに洗いかけの茶碗を桶の中にまた放りこんで庭に出ていくせい。こんな夫婦の日常のひとこまがうれしくてたまらなくなり、地鶏以上にこうありたいと思ってしまうのだ。

　詩人で混沌の大切な友人、猪狩満直のことを書いた「かなしいやつ」に私は若い時、なぜ足をとめなかったのだろう。いや、詩人になぜ「農民」をかぶせるのかと問うせいに、私はたしかに強い共感を覚えてはいた。が、猪狩満直の存在はまだ遠かった。旧家の形ばかりの〝長男〟として義母のもと青年期を迎えなければならなかった父の苦しみもわかっていなければ、任官半年、二十歳で追放の身となった長兄がなじみない故郷の父の家にひとり戻り、やがて北朝鮮から無一物で引き揚げてきた両親、弟妹を背負って、素人百姓としてどれほどのたたかいを強いられたかも、ほとんどつかみえてはいなかったからである。今はこんなにも猪狩満直が亡き父や兄と重なって見え、それだけに混沌とせいの彼への思いがひたひたと胸を打つのに。

　それに、目をこらせば、この作品に限らずあちこちに記されている開墾という重労働の実態。七十一歳の今になって、自分はこの重労働をすぐそばに見て知っていたと気づく。幼い私が見ていたのは梨畑ではなく、茶畑を拡げようとしての雑木林の開墾だったけれど。大きな根を掘りおこそうと渾身の力をふりしぼる長兄の姿が、混沌とせいのむこうに透けて見えてくる。七つか八つの私は少し離れて立って、そんな兄の懸命な作業を身じろぎもせず見つめていたのだ。だからせいが記しているあの道具、この道具を私は知っているし、表題の作品「洟をたらした神」にせいが書いている「畑仕事に打ち込んでいる親たちの険しい圏内」に子どもは入ってゆかないことも知っている。

子どもといえば、吉野せいの子どものとらえ方の鋭さ、あたたかさに私はほとんどことばを失ってしまう。「洟をたらした神」の最後、重い口をようやく開いてせがんだ二銭なのにもらえなかったノボルは、工夫に工夫を重ねて、ついに自分の手でヨーヨーを作りあげる。それを持って「満月の青く輝く戸外」にとび出し、独力で作りあげたこのヨーヨーをびゅんびゅん回し始めた少年の何と誇らしく輝いていることか。それを静かに見守る母親はその反射を受け、ついにそこに「厳粛な精魂の怖ろしいおどり」さえ見てとってしまう。

だが、子どもだからと、いつも誇り高くいられるわけではない。これに先んじる日、母親は息子が苦心の果てに作りあげたこまを見て、せめてとこまひもを編んでやるが、そのひもで回したこまはおよそ「澄むなどという荘重な物々しさ」から遠く、「ふらふら、ゆらゆら」と「ひょうきんにまるで全身で笑っているよう」に回ったあげく、ころりとたおれてしまう。（ああ、この表現のなんと鮮やかなこと！）それを見て「ノボルはしょんぼりとしたが、私はばかのように笑いこけた。」とせいは書く。今だったら母親のほとんどは、しょげかえる息子を前に笑いこけたりはすまい。せいにこれができたのは、子どもたちと日頃からまさに厳粛に対峙していたからであろう。つい先程私は、がむしゃらに働く大人たちの険しい圏内に子どもは入ろうとしないことに気づいているせいの注意深さにふれたが、こまやかな愛情をいつも内にたたえるせいは、たとえば童謡をうたう子どもの声に、姿は見えないながらその子の視線のおもむく先を見てとり、その気持ちを思いやって、その子の背から赤ん坊をとってやることを厭いはしない。

　これは編集の力によることも大きいのかもしれないが、子らへのこれほどの愛と誇りを語ってもらったあとに、だから、「梨花」を読むのはつらい。

　一九七一年四月、七十二歳のせいは草野心平の書画展を見、混沌の旧友を見舞ったあと、満直の子息の車に乗せてもらって、夕暮れの梨畑の中を家路につく。折しも梨は白い花を開き始めている。ふいにせいは四十一年前生後八ヶ月で送らねばならなかった二女梨花のことを思い出す。心平が持ってきてくれた彼の長男の着古して小さくなった、けれどさっぱりと清潔であたたかそうな着物を、せいはあの日、暮れの寒さの中を、旅立つ二女に着せてやったのだ。

そこから私たちは一気に昭和六年（一九三一年）一月十九日、幼な子の三七日《みなぬか》を迎えた日のせいの、梨花の死とその前後を綴った文章に導き入れられる。幼い子どもの死を書いて、これほど痛切な文章が他にあったろうか。

生に引き戻そうとする親たちの懸命な営みのすぐ傍らで、死に赴く子は静かに微笑みつづける。その笑顔に「眼をくらま」されて、若く貧しい親たちはぎりぎりになるまで、この幼な子との別れが迫っていることに気づかない。ようやく事態の深刻さに気づいた両親は、しかし医者をよぶ金もないまま、近所の人の知恵にすがり、己の看病に関する無知さ加減を思い知らされ、それでもやっと頼めた村の老医師からは死の宣告を受ける。そしてやってきた暮れの三十日の死。その前後の父親混沌の、そして幼い妹を送る姉、兄の姿を描くせいの筆に私はただしんとしてことばを失う。

坑道の出水事故で最後まで非常ベルを押し続け、逃げ遅れて死んでいった採炭指導夫、尾作新八の話「ダムのかげ」に私は吉野せいの立ち位置の確かさを見る。この事故から八十年後の三・一一は数々の「尾作新八」を生んだが、そのことごとくが美談にされて、私たちはいまだこの「吉野せい」を持ちえないままでいる。

「緒い畑」は昭和十年（一九三五年）秋の話。梨の出荷をおえてすぐの四男の出産。産後の肥立ちもよく、この日は晴天の下、家族総出で畑に出て、高い笑い声さえ空いっぱいに響いている。せいは書く。「私が晴々しいのは家族の誰をも明るくする。母が持つ力に頼れる安心は、子供たちをあたたかい日向でたわむれる犬ころ同然の愛らしい姿に変える。」と。

が、三人の男の登場で場面は暗転。前夜遅く訪ねてきた客のことで、混沌は特高に連行されていく。残された子どもたちは母親を支え、守ろうと、めいめいが全力を出し合い、母親のせいも子どもたちの気持ちをしっかと受けとめて、この地に生きる決意をあらたにする。

私は他人事のように感動しそうになって、はっとする。いや、わたしたちもそうだった。この子どもたちの中にはわたしもいる。吉野せいは自分の子どものことだけではない、わたしたちのことも書いてくれていたのだ。

せいが記したこの出来事から十年余りたったわが家、着るものはおろか、食べるものとてろくにない引き揚げ家族のわが家に、ある日、税務署員がどかどかと踏み込んで、差し押さえの札をたんすや本箱にまで貼っていったとき、わたしたちは誰ひとり泣きもせず、黙って事態に耐えていた。父や母、兄たちを幼いながら支えようと、七歳のわたしも五歳の妹も必死だった。

昭和十七年秋のことを記した「公定価格」も、私には遠い世界のことでなんかなかった。このことばを幼い私は知らなかったが、子どもながらに厳しい供出にいつも理不尽さを覚えていた。冷たい雨のそぼ降る中、股まで沼につかりながら田植えをしたのに、なぜ米を作るわたしたちに米が食べられないのか。吉野せいが「公定価格」に記した年の十年後、静岡の田舎で、子どもの私は考え始めていた。

他の作品と同じく「いもどろぼう」でも、冒頭の一文をはじめ、せいの自然描写のペンはさえわたっている。が、自然描写だけではもちろんない。たとえばこの作品で「不条理な目つぶしをくらわされた悲しい群盲のひしめくひん曲がった時代」という、前には読みおとしていたことばに出会ったとき、私はここに書かれている時代に遅れることせいぜい一、二年、当時二十代のはじめを生きていた長兄のいらだちにようやくことばが与えられたように思った。だが、末尾の混沌の一言、「つかまえねばよかったんだ！」を口に出して言える者があの頃まわりにいたかどうか。

続く「麦と松のツリーと」の三行目、冒頭の二行を受けての「その土に、その時に生まれ合わせた私たちの、蒼ざめた奮いたちようは、もうその頃はよろよろしていた。」を、あの時代の、いや今も、勇ましさを鼓舞する男たちはどう読むだろう。

このあとにくる「鉛の旅」は「洟をたらした神」や「梨花」と同じく、これだけで一冊の本にしておきたい作品である。「鉛の旅」とは誰がつけたタイトルだったか。

とりわけ、召集された息子に一目でも会いたくて駐屯地に向かった汽車の中で出会った、召集は二度目と語る兵士との静かな会話は胸にこたえる。それは彼の話から戦争がもたらす残酷さと悲しみが浮き上がってくるからだけでなく、「ぶち破って来ます」と勇気凜々宣言した同じ男の何分か後、「いかめしい鉛の型が溶けて」現われ出てきた姿がそこにあるからである。

だが、同じ作品の中に吉野せいはひとりの老母を登場させ、逆もまた起こりうることも心しておこうとする。鉛の鋳型をかなぐり捨ててのむきだしの母子の別れ、その悲しみのひたむきさを書いて、「この母子の別れの一幕に頭を下げろよ。」と言った二行あとには、同じこの老母の眼が「えぐりぬかれた鉛の三角の眼に変わってゆく」かもしれない恐怖を書いて。

ところで、以前読んだときにはさほど気にとめなかったのに、今回読んで、しみじみ「いいなあ!」と思ったのは「水石山」である。この作品で私は前よりいっそう混沌とせいの夫婦が好きになった。ひばりの糞をマッチ箱に大事にしまっておく混沌。ひばりのひなが育って飛び立つまで、巣を守って麦を刈り残したこともある夫婦。だが、生活の余りの苦しさは、尊敬しあい、愛しあう夫婦の間にさえひびを入らせて、時に互いへの憎悪をよび、せいは黙りこくり(おそらく混沌も)、けれど、やがて悔いへとおちこむ。

そんなある日であったろう。十一月のある朝、せいは混沌に、いつも目の端に見ながら一度も登ったことのない水石山に行ってみたいと声をかける。今は妻子と離れて、ひとり梨畑の端の小屋に寝起きしている混沌への、思いきっての声かけであったはずである。

が、「かぜをひいたから今日はだめだ。」の素気ない返事に、せいはたしかにその声に風邪気を感じはするものの、それ以上に冷たい拒否をかぎとって、中をのぞきもせず、小屋を離れる。

こういう瞬間が夫婦には幾度訪れることだろう。せいはこの時五十六歳、混沌と結婚して三十四年がたっている。

小屋をあとにしたせいがその日をどう過ごしたかは本文を読んでいただくことにして、この一日の終わりがなんともいい。一日家をあけたせいが奮発してサンマを買い、早目に家に戻れば、混沌がいない。夕飯時になっても、混沌はまだ姿を現わさない。ようやく疲れきった足どりで戻ってきた混沌はせいの姿にほっとし、せいを探して一日中歩き回っていたと明かす。ああ、なんていい夫婦！　しかも、なんて初々しいこと！　青春の日のみずみずしさをそのまま内に保ってこの夫婦は生き、戦い、愛し続けたのだ。

混沌の新盆をすませた翌日、子や孫たちと車で水石山にのぼったせいに、霧の中、放たれていた一頭の若駒がすりよってくる。その澄みきった大きな目をのぞいたせいは、そこに混沌の魂を見るように思う。馬の胴腹をぽんとたたいて、仲間のもとに帰したせいは、くったくのない若い世代の者たちに囲まれながら、混沌が歩いた道を思い、その「清水のような」「忘我の足跡」を思いつつ、だが、家族を背負い、労苦に耐えて生きるうち、混沌をあてにできない、自分の力だけを頼るしかない、という自負心、思い上がりが己の心を「じわじわと冷たく頑なにしこらせてしまった」とあらためて思う。だから、つづく「夢」に記すように、「おめえは極楽へはゆけねえぞ。きっと地獄さおちる人だ」と混沌の友人からも、酔っぱらってであれ、言われるのだと。

「夢」もまた、けっして読み落としてはならない一篇であろう。「役立たず」とさえ時にののしりたくなった混沌をせいはここで山村暮鳥、草野心平とのつながりの中に置いて、「稀少なばか」とたたえ、自分にはついていけなかった彼の「孤独の意地」をそこに見ようとしている。

この作品集の生まれるきっかけは、「信といえるなら」に記されているが、ここからは、人間ひとりひとりを含めすべてを商品化してしまうこの消費社会に生きる私たちが今となっては空想することさえむつかしくなった「人間同士の心の奥に流れ合う凄まじい信頼」を誇る、確信に満ちたせいの声が聞こえてくる。だが、せいもまた混沌に負けず劣らず「孤独の意地」を張った人であったろう。彼女は心平に「(混沌と) はっきり離れた自分自身」を書きたいと宣言した人だった。この意志が『洟をたらした神』をすっくと自立した、他に類を見ない一冊に仕上げている。

(しみず・まさこ／児童文学者、翻訳家)

『涙をたらした神』一九七五年四月　彌生書房刊

本文中に現在の人権意識に照らし不適切と思われる表現がありますが、本書が書かれた時代背景、文学的価値、および著者が他界していることを考慮し、そのまま収録いたしました。なお、ふりがなは底本にあるものに加え、難読と思われるものに施しました。

（編集部）

中公文庫

洟《はな》をたらした神《かみ》

2012年11月25日　初版発行
2024年 8 月30日　5 刷発行

著　者　吉野《よしの》　せい

発行者　安部　順一

発行所　中央公論新社
〒100-8152　東京都千代田区大手町 1-7-1
電話　販売 03-5299-1730　編集 03-5299-1890
URL https://www.chuko.co.jp/

ＤＴＰ　嵐下英治
印　刷　三晃印刷
製　本　小泉製本

Published by CHUOKORON-SHINSHA, INC.
Printed in Japan　ISBN978-4-12-205727-2 C1195

各書目の下段の数字はＩＳＢＮコードです。978－4－12が省略してあります。

中公文庫既刊より

い-116-1 **食べごしらえ おままごと** 石牟礼道子

父がつくったぶえんずし、獅子舞にさしだした鯛の身。土地に根ざした食と四季について、記憶を自在に行き来しながら多彩なことばでつづる。〈解説〉池澤夏樹

205699-2

い-139-1 **朝のあかり 石垣りんエッセイ集** 石垣りん

働きながら続けた詩作、五十歳で手に入れたひとり暮らし。「表札」などで知られる詩人の凜とした生き方が浮かぶ文庫オリジナルエッセイ集。〈解説〉梯久美子

207318-0

い-139-2 **詩の中の風景 くらしの中によみがえる** 石垣りん

詩は自分にとって実用のことばという著者が、五三人の詩を選びエッセイを添える。読者ひとりひとりに手渡される詩の世界への招待状。〈解説〉渡邊十絲子

207479-8

い-38-5 **七つの街道** 井伏鱒二

篠山街道、久慈街道……。古き時代の面影を残す街道を歩いて、史実や文献を辿りつつ、その今昔を風趣豊かに描いた紀行文集。〈巻末エッセイ〉三浦哲郎

206648-9

い-42-3 **いずれ我が身も** 色川武大

歳にふさわしい格好をしてみるかと思っても、長年にわたって磨き込んだみっともなさは変えられない――永遠の〈不良少年〉が博打を友を語るエッセイ集。

204342-8

う-9-4 **御馳走帖** 内田百閒《ひゃっけん》

朝はミルク、昼はもり蕎麦、夜は山海の珍味に舌鼓をうつ百閒先生の、窮乏時代から知友との会食まで食味の楽しみを綴った名随筆。〈解説〉平山三郎

202693-3

う-9-5 **ノラや** 内田百閒

ある日行方知れずになった野良猫の子ノラと居つきながらも病死したクルツ。二匹の愛猫にまつわる愛情と機知とに満ちた連作14篇。〈解説〉平山三郎

202784-8

う-9-6
一病息災
内田百閒
持病の発作に恐々としつつも医者の目を盗み麦酒をがぶがぶ……。ご存知百閒先生が、己の病、身体、健康について飄々と綴った随筆を集成したアンソロジー。
204220-9

か-18-7
どくろ杯
金子光晴
『こがね蟲』で詩壇に登場した詩人は、その輝きを残し、夫人と中国に渡る。長い放浪の旅が始まった――青春と詩を描く自伝。〈解説〉中野孝次
204406-7

か-18-8
マレー蘭印紀行
金子光晴
昭和初年、夫人三千代とともに流浪する詩人の旅はいつ果てるともなくつづく。東南アジアの自然の色彩と生きるものの営為を描く。〈解説〉松本　亮
204448-7

か-18-9
ねむれ巴里
金子光晴
深い傷心を抱きつつ、夫人三千代と日本を脱出した詩人はヨーロッパをあてどなく流浪する。『どくろ杯』につづく自伝第二部。〈解説〉中野孝次
204541-5

か-18-10
西ひがし
金子光晴
暗い時代を予感しながら、喧噪渦巻く東南アジアにさまよう詩人の終りのない旅。『どくろ杯』『ねむれ巴里』につづく放浪の自伝。〈解説〉中野孝次
204952-9

こ-58-1
清冽　詩人茨木のり子の肖像
後藤正治
「倚りかからず」に生きた、詩人・茨木のり子の初の本格評伝。親族や詩の仲間など、茨木を身近に知る人物に丁寧に話を聞き、79年の生涯を静かに描く。
206037-1

さ-61-1
わたしの献立日記
沢村貞子
女優業がどんなに忙しいときも台所に立ちつづけた著者が、日々の食卓の参考にとつけはじめた献立日記。工夫と知恵、こだわりにあふれた料理用虎の巻。〈解説〉平松洋子
205690-9

さ-61-2
寄り添って老後
沢村貞子
八十一歳で女優業を引退した著者が、自身の「老い」を冷静に見つめユーモラスに綴る。永六輔との対談「お葬式を考える」を増補。〈巻末エッセイ〉北村暁子
207207-7

各書目の下段の数字はISBNコードです。978－4－12が省略してあります。

し-11-2 **海辺の生と死** 島尾ミホ
記憶の奥に刻まれた奄美の暮らしや風物、幼時の思い出、特攻隊長として島にやって来た夫島尾敏雄との出会いなどを、ひたむきな眼差しで心のままに綴る。
205816-3

す-24-1 **本に読まれて** 須賀敦子
バロウズ、タブッキ、ブローデル、ヴェイユ、池澤夏樹……。こよなく本を愛した著者の、読む歓びが波のようにおしよせる情感豊かな読書日記。
203926-1

た-13-6 **ニセ札つかいの手記** 武田泰淳異色短篇集 武田泰淳
表題作のほか「白昼の通り魔」「空間の犯罪」など、独特のユーモアと視覚に支えられた七作を収録。戦後文学の旗手、再発見につながる短篇集。
205683-1

た-13-8 **富士** 武田泰淳
悠揚たる富士に見おろされる精神病院を舞台に、人間の狂気と正常の謎にいどみ、深い人間哲学をくりひろげる武田文学の最高傑作。〈解説〉堀江敏幸
206625-0

た-13-9 **目まいのする散歩** 武田泰淳
歩を進めれば、現在と過去の記憶が響きあい、新たな記憶が甦る……。野間文芸賞受賞作。巻末エッセイ「丈夫な女房はありがたい」などを収めた増補新版。
206637-3

た-13-10 **新・東海道五十三次** 武田泰淳
妻の運転でたどった五十三次の風景は——。自作解説「東海道五十三次クルマ哲学」、武田花の随筆「うちの車と私」を収録した増補新版。〈解説〉高瀬善夫
206659-5

た-15-9 **新版 犬が星見た** ロシア旅行 武田百合子
夫・武田泰淳とその友人、竹内好との旅を、天真爛漫な目で綴った旅行記。読売文学賞受賞作。竹内好の随筆「交友四十年」を収録した新版。〈解説〉阿部公彦
206651-9

た-15-10 **富士日記（上）** 新版 武田百合子
夫・武田泰淳と過ごした富士山麓での十三年間を克明に描いた日記文学の白眉。昭和三十九年七月から四十一年九月分を収録。〈巻末エッセイ〉大岡昇平
206737-0

た-15-11
富士日記（中）新版
武田百合子
愛犬の死、湖上花火、大岡昇平夫妻との交流。昭和四十一年十月から四十四年六月の日記を収録する。田村俊子賞受賞作。〈巻末エッセイ〉しまおまほ
206746-2

た-15-12
富士日記（下）新版
武田百合子
季節のうつろい、そして夫の病。山荘でともに過ごした最後の日々を綴る。昭和四十四年七月から五十一年九月までを収めた最終巻。〈巻末エッセイ〉武田　花
206754-7

た-15-13
絵葉書のように
武田百合子
武田　花 編
単行本未収録エッセイ集『あの頃』から、夫・武田泰淳や友人たちとの思い出、街歩き、旅、食べ物などについて綴ったエッセイ五十四編を厳選し、収録する。
207341-8

た-15-14
日日雑記　新装版
武田百合子
深沢七郎、大岡昇平ら友人たちを送った昭和最後の三年間。日々の出来事や気持の照り降りを心に響く文章で綴る最後のエッセイ集。〈巻末エッセイ〉武田　花
207394-4

た-34-4
漂蕩の自由
檀　一雄
韓国から台湾へ。リスボンからパリへ。マラケシュで迷路をさまよい、ニューヨークの木賃宿で安酒を流し込む。「老ヒッピー」こと檀一雄による檀流放浪記。
204249-0

た-43-2
詩人の旅　増補新版
田村隆一
荒地の詩人はウイスキーを道連れに各地に旅立った。北海道から沖縄まで十二の紀行と「ぼくのひとり旅論」を収める〈ニホン酔夢行〉。〈解説〉長谷川郁夫
206790-5

ふ-2-5
みちのくの人形たち
深沢七郎
お産が近づくと屏風を借りにくる村人たち、両腕のない仏さまと人形——奇習と宿業の中に生の暗闇を描いた表題作をはじめ七篇を収録。〈解説〉荒川洋治
205644-2

ふ-2-6
庶民烈伝
深沢七郎
周囲を気遣って本音は言わずにいる老婆（「おくま嘘歌」）、美しくも滑稽な四姉妹（「お燈明の姉妹」）ほか、烈しくも哀愁漂う庶民を描いた連作短篇集。〈解説〉蜂飼　耳
205745-6

各書目の下段の数字はISBNコードです。978-4-12が省略してあります。

ふ-2-7
楢山節考／東北の神武たち　深沢七郎初期短篇集
深沢七郎

「楢山節考」をはじめとする初期短篇のほか、伊藤整・武田泰淳・三島由紀夫による選評などを収録。文壇に衝撃をもって迎えられた当時の様子を再現する。〈解説〉小山田浩子

206010-4

あ-69-3
桃仙人　小説 深沢七郎
嵐山光三郎

「深沢さんはアクマのようにすてきな人でした」。斬り捨てられる恐怖と背中合わせの、甘美でひりひりした関係を通して、稀有な作家の素顔を描く。

205747-0

ふ-18-1
旅路
藤原てい

戦後の超ベストセラー『流れる星は生きている』の著者が、三十年の後に、激しい試練に立ち向かって生きた人生を辿る感動の半生記。〈解説〉角田房子

201337-7

ふ-18-5
流れる星は生きている
藤原てい

昭和二十年八月、ソ連参戦の夜、夫と引き裂かれた妻と愛児三人の壮絶なる脱出行が始まった。敗戦下の苦難に耐えて生き抜いた一人の女性の厳粛な記録。

204063-2

よ-36-1
真夜中の太陽
米原万里

リストラ、医療ミス、警察の不祥事……日本の行詰った状況を、ウイット溢れる語り口で浮き彫りにし今後のあり方を問いかける時事エッセイ集。〈解説〉佐高　信

204407-4

よ-36-2
真昼の星空
米原万里

外国人に吉永小百合はブスに見える？　日本人没個性説に異議あり！「現実」のもう一つの姿を見据えた激辛エッセイ、またもや爆裂。〈解説〉小森陽一ほか

204470-8

く-20-1
猫
クラフト・エヴィング商會
井伏鱒二／谷崎潤一郎他

猫と暮らし、猫を愛した作家たちが思い思いに綴った珠玉の短篇集が、半世紀ぶりに生まれかわる。ゆったり流れる時間のなかで、人と動物のふれあいが浮かび上がる、贅沢な一冊。

205228-4

く-20-2
犬
クラフト・エヴィング商會
川端康成／幸田文他

ときに人に寄り添い、あるときは深い印象を残して通り過ぎていった名犬、番犬、野良犬たち。彼らと出会い、心動かされた作家たちの幻の随筆集。

205244-4